勇者認定官と
奴隷少女の奇妙な事件簿

オーノ・コナ

講談社ラノベ文庫

口絵・本文イラスト／Ixy

デザイン／百足屋ユウコ＋タドコロユイ（ムシカゴグラフィクス）

昔々のその昔。大陸の西端に、それはそれは豊かな王国がありました。大地は瑞々《みずみず》しく気候は穏やか、広大な農地と鉱脈はあふれんばかりの富を生み、誰もがなんの不足もない日々を過ごしていました。

まぁ王様は少しばかり怠け者で、役人は私腹を肥やしがちでしたが、そんなのはどこの国でもある話です。当時、東の国々は異教徒の侵攻で崩壊寸前、南の国々は百年にも及ぶお家騒動の真っ最中でしたから、些細《ささい》な不義・不正の類いなど可愛《かわい》らしいものでしょう。

ですが、平和な日常はある日、あっさりと終わりを告げます。

クジャクの月、火の日。大地の底から突然〈魔王〉が現れたのです。

〈魔王〉――それはこれまで王国を襲ったどんな魔物とも異なる存在でした。身の丈は山々を越え、吐く息は森を吹き飛ばし、一歩歩くだけで地震と津波が町を襲いました。

剣も弓矢も、ましてやお祈りの類いが通じるはずもありません。出現からわずか三日で王国騎士団は壊滅、神官達は聖杖《せいじょう》を掲げた姿勢のまま踏み潰され、頼みの綱の同盟国軍も国境手前で焼き尽くされました。

悲報に次ぐ悲報。敗報に次ぐ敗報。

ことここに至って怠け者の王様も守銭奴の役人も、モラトリアムを気取っていられなくなりました。国中の賢者を召喚、王城の書庫を開け放つと〈魔王〉への対抗策を探し始めたのです。

七日七晩、不眠不休の調査が続きました。役人と賢者の多くが倒れて、王様の目方も一アローバほど減りました。東の夜空が赤く焦げて、地平線が震え、もうだめだと誰もが思った頃です。ある賢者がその古文書を見つけました。〈聖剣〉を振るい魔を祓《はら》う者、そう、〈勇者〉の存在を示す文献に彼らはたどりついたのです。

ただちにお触れが出て早馬が王国全土を巡りました。伝承にある神の徴《しるし》を持つ者、奇跡の体現者を探せ！　と。

すがるような思いが天に届いたのか、ほどなくして〈勇者〉は見つかりました。

まだ年若いその人物は、降って湧いた話に戸惑いつつも、〈聖剣〉を握りしめて強大な魔王に向かっていきました。そして数十日に及ぶ死闘の果てに見事、彼《か》の者《もの》を下したのです。

王国に平和が戻りました。王様と役人と賢者達、尊い命と引き換えに時間を稼いだ騎士・神官、そしてもちろん〈勇者〉様の頑張りで世界は救われたのです！

めでたしめでたし。

……とはなりませんでした、残念ながら。

何せ街道はズタズタ、農地は水没、町や村は瓦礫《がれき》の山と化していたのです。生活の基盤をなくした民草にすれば、何がめでたいものかというところでしょう。むしろこの有り様《あさま》をどうしてくれる。上に立つ者はどう責任を取るつもりだと王都に押し寄せてきました。

曰《いわ》く、なぜ国王は普段から〈勇者〉を召し抱えておかなかったのか。

曰く、なぜ〈魔王〉が現れてから後手後手で倒し方を模索し始めたのか。

曰く、無能な王国支配者層は即刻退陣して、玉座を明け渡すべし——

真っ青になった王様は城内に引っこみ、役人達と話し合いました。折角未曾有の危機を乗り越えたのに、こんなことで革命を起こされたら目も当てられません。彼らは普段ならありえないスピードで対策をまとめ、法案化して、国民に示しました。すなわち、

『国は常時〈勇者〉をストックして魔王復活に備える』

『〈勇者〉は寿命・事故死に備えて複数名を確保する』

『〈勇者〉の認定には専門の官職を設けて、それにあたらせる』

そう、長きにわたって運用される『勇者認定保護制度』がこの時生まれたのです。


そうして百年の歳月が過ぎました。

〈魔王〉の脅威は再び昔話と化し、〈勇者〉の称号も名誉職に等しいものとなりました。それでも先王の遺産である『勇者認定保護制度』は細々と維持され続けました。誰もがお金の無駄だと思いつつ、廃止に伴う責任を取りたくなかったからです。そしてまた、制度の担い手となる専門官も、まだ見ぬ〈勇者〉を求めて国中を走り回らされていました。いつ訪れるかもしれない破局に備えて、今度こそ後手の誹《そし》りを避けるために。

王国勇者認定官。彼らはそう呼ばれていました。

第一章

Yushaninteikan to
Doreishoujo no
Kimyouna Jikenbo.

1

「バローハさん、つまりあなたはこう言いたいわけですね。僕らをお父様──〈勇者〉マルコス氏に会わせることはできないと」

ミゲルは内心の疲労を押し殺しつつ訊《たず》ねた。

目の前の中年男性はニコニコと微笑《ほほえ》んでいる。最初に挨拶してからずっとこの調子だ。目尻を下げて、膝の上でゆったりと手を組んでいる。応接室に通されて三十分。飲み物の氷もすっかり溶けていた。

（狸親父《たぬきおやじ》め）

苦々しげに見つめるミゲルの前で男──バローハは心外そうに肩をすくめた。

「会わせないなどと、いや、そのようなことは申しておりません。私とて認定官殿には申し訳なく思っておりますよ。遠路はるばるお越しいただいて、満足なおもてなしもできずにお待ちいただいているのですから。ですが困っているのは私も同じです。まさか父がゴブリン討伐に出たそのタイミングで、〈勇者〉資格の更新監査にいらっしゃるとは」

ああ。

ああ、また同じ話だ。で、いつ戻るのか？　と訊ねても、さぁと答えられるだけだろう。ゴブリンどもは狡猾《こうかつ》ですから、倒しきるには相当の時間がかかるかもしれません。一日か二日、ひょっとすると三日以上。

「監査予定は事前に郵送しているはずですが」

バローハは「はて」と首をひねった。

「父宛の手紙は全て本人に渡していますが。なにぶん忙しい人ですから、失念していたのかもしれません。先週は先週で、近くの森のコボルト退治を頼まれておりましたから」

「コボルトもいるんですか」

「はい。二十四ほど群れを作っていて、ほぼ一週間がかりの討伐でした」

ああ言えばこう。こう言えばああ。

砂漠で説教とはまさにこのことだ。今のままでは更に一、二時間議論が迷走しかねない。ミゲルは嘆息してソファーから身を乗り出した。

「いいですか、バローハさん。更新監査は〈勇者〉認定の必須要件です。理由なく欠席したり非協力的な態度を取られれば、認定の取り消しもありえます。監査結果に非適合と書かれてもいいんですか」

「そう言われましても」

困ったように口元を歪《ゆが》められた。バローハはナプキンで額の汗をぬぐった。

「理由は先ほども申し上げた通り、ゴブリンどもの退治に向かっているからです。〈勇者〉業務を優先したために非協力的と言われるのは、あまりに無体でしょう。ねぇ、お付きの方、あなたもそう思いませんか？」

ミゲルの横で旅装の少女が目を丸くする。ライムグリーンの髪を二つ結びにした小柄な女の子だ。話を振られると思っていなかったのだろう、どんぐり眼《まなこ》をぱちくりとさせる。

「はぁ、難しいことはよく分かりませんけど」

彼女は小首を傾《かし》げて、おさげの髪を揺らした。

「お仕事中なら確かに、出かけていても仕方ないですねー」

「ディア」

たしなめかけたがあとの祭りだ。バローハは我が意を得たりとばかりに笑みを大きくした。

「そうでしょう。確かに監査は重要ですが、このようなケースでは情状酌量の余地が認められるはずです。日を置いて再監査、あるいは代理人による書類審査、そんな方法もあると前の認定官殿はおっしゃっていましたが」

「今回が初めてのケースなら、確かに」

ミゲルは辛抱強くバローハを見据えた。机上の監査資料を押し出す。

「ですが、マルコス氏の審査はすでに三回延期されています。その前、つまり四年前の監査は書類審査です。バローハさん、あなたの名前が代理人で記されていますね」

「はて、そうでしたかな。どうにも記憶が曖昧で」

「監査記録には、その時もマルコス氏が魔物討伐で留守だったと書かれています。さすがに偶然や失念がこれだけ重なるのは妙じゃないですか」

「と申されましても、ねぇ」

バローハの表情にわずかだが皮肉の色が過《よぎ》った。

「王都の騎士様がこのあたりの魔物を倒してくれるわけでもありませんし。地方の民は地方の民で自衛していかないと」

「村の方にうかがったところ、今日に限らず、もうかなり長い間、お父様を見かけていないとのことですよ」

「もともと偏屈者なんです。依頼の窓口は私が担当しておりますし、父も人づきあいよりは〈勇者〉業を優先したいと申しますので。討伐をこなしては、休むこともなく次の依頼で、また出立という感じです。まぁ、私としてももう少し愛想をよくした方が得だと思うんですがね」

立て板に水の説明に溜息《ためいき》が漏れる。残り少ない忍耐力が限界を迎える。

「では、あくまでお父様は外出中とおっしゃるのですね」

「はい、初めからご説明している通りです」

OK、分かった。どのみち円満解決など期待していなかったのだ。そっちがその気ならこちらも腹をくくろう。

ミゲルは一息ついて卓上のグラスを取り上げた。中身をあおってから視線を巡らせる。

「ところで、なかなか結構なお住まいですね、こちらは」

目でシャンデリアを示してみせる。

「ゴールの教会様式ですか、さぞかし入手に苦労されたことでしょう。維持費もずいぶんかかっているのではないですか」

「いえ、大したことはありませんよ。知人から安く譲り受けたものです。手入れも私と家内の二人でやっておりますし」

「あちらのカーテンは」

顔を窓際に向けた。

「ディマスク織ですね。銀貨で十枚はしたんじゃないですか。敷物《しきもの》もなかなかの逸品だ。ブラバンあたりの職人に特注で作らせないと、あの質感は出ませんよ。壁材は見栄えと防音効果を意識して〈雪石〉ですか。お召し物も綿生地に見えますが、違いますか？」

「ははは、お若いのになかなか慧眼《けいがん》だ。認定官殿も数寄者《すきしゃ》ですな」

媚《こ》びるような眼差《まなざ》しに、だがミゲルは応じなかった。用意した言葉を淡々と続ける。

「失礼ながらバローハさん。あなたの経営されている倉庫業では、これだけの調度を賄《まかな》えそうにありませんが。どこから資金を調達されているんでしょう」

か？」

「まさかとは思いますが、お父様に支給されている〈勇者〉手当を流用されていません

「な、何を、いきなり」

ガタンと音を立ててバローハが立ち上がった。怒気が顔を赤く染めている。眉間に深い皺《しわ》を刻んだまま見下ろしてきた。

「い、いくら認定官殿でも言ってよいことと悪いことがありますぞ！　親の金に子が手をつけるなど、失礼極まりない！」

「勘違いならすみません。ただバローハさん、お宅の金の出入りは少し妙なんですよ。門外漢の僕から見ても明らかなくらい」

「はぁ？　うちの商いの帳簿でも見たと言うんですか」

挑むような口調には余裕があった。まさか子飼いの使用人に裏切られたとは思っていないのだろう。実際そちらの線を洗っても何も出てこなかった。もとより〈勇者〉手当はバローハ家への支給だ。店の出納帳《すいとうちょう》に現れるはずもない。「いえ」と首を振ると、バローハは勝ち誇った様子になった。

「そうでしょう、なら」

「ただ、別の資料があります」

鞄《かばん》から書類の束を取り出す。バローハはざっと目を走らせて面食らった表情になった。

「なんですか、これは」

「見ての通り、粉ひき屋、油屋、木挽《こび》き職人がお宅と取引した記録です」

「はぁ」

鳩《はと》が豆鉄砲を食らったような顔。バローハは首をひねりながら紙面をタップした。

「分かりませんな。これが一体どんな不正の証拠になるんでしょう。人間が生活している限り、パンも燃料も必ず必要になりますよ」

「生活している限り。確かにそうですね。ではうかがいます。なぜ小麦や炭、油の消費量が四年前にいきなり減っているんでしょう？」

！

動揺がバローハの顔を凍りつかせた。慌てて取り繕うが、もう遅い。生じたほころびにミゲルは言葉の槍《やり》をねじこむ。

「小麦が一カルガ、油が二アローバ、薪が八十本三十束。誤差というには大きすぎる減り方です。パーティーやまかないを控えたくらいでは到底追いつきません。それこそ、人が、い、い、い、一人減らない限りは」

「……」

「他の店の伝票も見ますか？　綺麗《きれい》に同じ時期に取引が急減していますが」

冷えた静寂が室内を満たす。

ん？　ん？　とディアが視線を巡らせた。急変した空気についていけないのか、どんぐり眼をぱちくりとさせる。

「なんですか、ミゲル様。誰かいなくなったんですか？　このお屋敷《やしき》から」

「ああ、たぶん〈勇者〉マルコス氏がね」

「えええええ？」

裏返った声が響く。立ち上がりかけた彼女をミゲルは手で押しとどめた。

「で、でもマルコスさんは魔物討伐に出かけているんですよね？　去年も、一昨年も……あれれ？　四年前？」

「だから僕らは騙《だま》されていたんだよ。いもしない〈勇者〉を審査して手当を払い続けていたわけだ。ずっと、ずっとね」

硬直するバローハに向き合う。上半身を乗り出して口調を柔らかくした。

「ねぇバローハさん、もういいでしょう？　十分お父様のご威光で稼げたんじゃないですか。今ならまだ僕の一存でことを収められますよ。四年分の受給も見逃します。ですがあくまでしらを切るつもりなら強硬手段をとるしかなくなります。洗いざらい調べられて全財産を失うことにもなりかねませんよ。そんな結末がお望みですか？」

「……」

「だいいち仮に隠し通せたとして、こんなことをいつまで続けるつもりですか。お父様は四年前の時点でもう八十歳だったんですよ。事故か事件か、いろいろ考えましたが、正直寿命で亡くなったというのが一番しっくり来ます。五年後、六年後、九十近い老体をまだ魔物討伐に向かわせる気ですか？ さすがに村の人もおかしいと思うはずですよ」

バローハの顔は真っ青だった。それでも必死に平静を装い唇を歪める。かすれ声が喉の奥から漏れた。

「言いがかりだ……なんの証拠もない」

「証拠」

溜息をついて鞄を漁《あさ》る。最後の書類を机上に出した。そこには場所を示す文字と日付、氏名が並べられていた。

「村営墓地の埋葬記録です。四年前にいくつか無縁仏が出ていますね。一応旅人の墓と銘打たれていますが、これらを暴いて何が出るか確かめてみますか？ ああ、もちろん証拠が出そろったあとに情状酌量を申し入れても受けつけませんから、よく考えてみてください。この場で認定辞退書類にサインするか、それとも一緒に村営墓地に行くか、二つに一つです。どうぞ、ご決断を」

2

ヒラソル地方の春は暑い。

茫々《ぼうぼう》たる平原を熱風が吹き抜けて、なけなしの水分を奪っていく。標高が高いためか木々の背は低く、ただでさえのっぺりとした景色をより無味乾燥なものに見せていた。もうあと一月もすれば名物の向日葵《ひまわり》も咲き出すのだろうが、今はまだエニシダの類いが生い茂っているだけだ。街道を進めど進めど、何一つ代わり映えのしない光景が続く。あたかもおまえらの旅路など全て無為だと嘲笑《あざわら》われているかのようだった。

「〈勇者〉様、いませんでしたねー」

ディアが空を仰いでいる。降り注ぐ陽光が丸顔を白く照らしていた。大量の荷物を担いだ姿はカタツムリのようだが、額には汗一つ浮かんでいない。小柄な外見には似合わぬ強健、怪力ぶり。歩くたびにおさげの髪がぴょこぴょことリズミカルに揺れている。

「認定官のお仕事って〈勇者〉を増やすことじゃないんですかー？　なんかこのところ、行く先々で認定を取り消してる気がするんですけど」

「仕方ないだろう。死体や赤の他人に税金を注ぎこむわけにもいかないんだから」

ミゲルは顎を出しながらぼやいた。ディアとは対照的に、こちらはもうずいぶん前から疲れが溜《た》まっている。水筒の口をひねり、中身を喉に流しこんだ。

「勇者認定官の予算は減らされる一方だからね。本物の〈勇者〉に回す金を少しでも多く確保しておかないと、制度自体が崩壊しかねない。知ってるかい？ 最近の新米〈勇者〉は〈勇者〉業だけじゃ食えずに、剣術指南や土産物作りの副業を始めてるらしいよ」

「土産物？」

「〈聖剣〉のレプリカとか、聖水ジュースとか」

「世知辛い世の中ですねー」

太平の世は惨劇の記憶を一つ、また一つと薄れさせている。今はまだ官僚達の保身でもっている認定制度も、いつ廃止されるか分かったものではない。だからこそ今のうちに一人でも多く〈勇者〉を見つける必要があるのだ。救世主の自覚を持たせて、心技体を磨かせて、やがて来《きた》るカタストロフに備えてもらう。

（でも現実がどうかと言えば）

村おこしの材料に〈勇者〉資格を求めてきた村長がいた。袖の下をちらつかせて、息子の認定を迫る大富豪がいた。虚偽申告や不正受給は日常茶飯事、資格取得にまつわる詐欺・ビジネスは引きも切らない。挙げ句に今日の一件だ。どれだけ高尚な理念を抱いていても腐りたくなる。

（こんな状況で〈魔王〉が蘇《よみがえ》ったらどうなるんだか）

重たい息をついているとディアが首を傾けてきた。

「でも今日のミゲル様、すごかったですねー。相手の嘘《うそ》をばっさばっさと見抜いて、追い詰める書類もバンバン出して」

「あぁ」

額に垂れ下がった髪をつまんで払いのける。

「あれはほとんどでっちあげだよ」

「え？」

「地方の職人が四年も前の取引記録を取っておくわけないだろう？　マルコス氏の死亡時期の当たりをつけて、それらしい資料を作っただけだよ。小麦や薪なら、どの家でも買いつけてるからね。疑われる心配は少ない」

「ほぉお」

「ほぉおってディア、この手段は王都の研修で習っただろう？　ついこないだ」

「忘れました。たぶん寝てましたし」

「君ねぇ」

ディアはにっこりと笑った。

「ディアの仕事はミゲル様についていって、ご奉仕することですから。認定官の仕事はお任せします。人間得意なことをやるのが一番ですし」

「いや君も認定官なんだけどね、肩書《かたがき》的には」

　まぁ今更の話か。彼女に適性がないことなどとうの昔に分かっている。それでもこうして一緒に旅をしているのは……そう、人事配置上の都合というやつだ。ミゲルとて、好きで教師役を買って出ているわけではない。

「ところで次のお仕事はどんな内容なんですかー？」

　唐突な問いに「ん？」とまばたきする。

「ああ、話してなかったっけ」

　闇討ち回避で逃げるように出てきてしまったから、きちんと説明できていなかったか。

　荷物を背負い直して進路の先を見つめる。

「アンティロペの町の〈勇者〉ヘロニモ卿《きょう》の更新監査だよ。本当は州の認定官が担当するはずだったけど、人手が足りないとかで中央に仕事が回ってきた。まぁこっちも仕事をだいぶ地方に押しつけているからお互い様なんだけど」

「更新監査」

　ディアの眉間に皺が寄った。

「それってここ何回かの仕事と同じじゃないですか。また無駄足になりませんか」

「いや、ヘロニモ卿は大丈夫だよ」

「え？」

「アンティロペの守護神、たおやかなる豪腕ヘロニモ。このあたりじゃ知らない者のいない名士だよ。若い頃は竜討伐にも加わって、最近は後進の育成に力を入れているらしい。正直、更新監査なんて名ばかりだよ。彼を落とす認定官がいたら、そいつの方《かた》がボンクラって話だ。ヘロニモ卿には不正をする理由もないし、別人がヘロニモ卿を騙ることもできない。有名すぎるからね。入れ替わりでもしたらその時点で大騒ぎになる」

「はぁ、すごい人なんですね」

「第一種〈勇者〉だからね。マルコス氏あたりと一緒にしたら気の毒だ」

「……」

「ディア？」

まさかそのレベルの知識が抜け落ちているのか。この手のやりとりは日常茶飯事だが、さすがに冗談だろうと言いたくなる。表情筋が引きつるのを感じつつ、彼女の顔をのぞきこんだ。

「勇者認定官マニュアル、第三章第四節『認定等級について』。覚えてる内容を言ってみて」

「え？　あ、んー」

ゆらゆら首を振っているのは何も分かっていない時の癖だ。五秒、十秒、十五秒。彼女はひどくよい笑顔で肩をすくめた。

「忘れました！」

ああ、もう。

鞄の中からマニュアルを取り出して、ディアに投げた。

「等級ってのはね。〈勇者〉の適性・技量・経験値を段階分けしたものだよ。第三種が限定分野で上位〈勇者〉の補助ができること。第二種が複数人で〈勇者〉業務ができること。第一種は単身で〈勇者〉業務ができる者だ。もちろん等級が上がれば国からの補助や支援も手厚くなる。第一種〈勇者〉ともなれば手当だけで一財産稼げるくらいだ」

「はぁ。じゃあ、みんななりたがりますねー」

「代わりに求められる実力も相当だから、誰もがたどりつける領域じゃないよ。せいぜい全〈勇者〉の三パーセントもいればいいところかな」

「ふむふむ」とディアがうなずいた。少し考える目になって、

「ってことは、ヘロニモさんって本当すごい人なんですね。地元のヒーローというかスーパースターって感じで」

「だから、さっきから言ってるだろう」

「ちなみに、マルコスさんの等級は？」

「第三種予備」

言っちゃ悪いが比較対象にもならない。経験年数と人柄で、かろうじて地位を保っていた感じだ。その堅実さも実の息子がぶち壊しにしてくれたわけだが。

「というわけで、ヘロニモ卿のデータくらい確認して面談に臨むんだよ。間違っても経歴や等級を取り違えたりしないように」

「……第四種でしたっけ？」

「怒るよ？」

ディアが慌てた様子でマニュアルをめくり出す。

ミゲルは遠い目になった。

目的地まで二・二レグア。休みなしで歩き続けて三時間といったところだ。果たしてそれまでに彼女の知識を十人並みにできるか、認定官らしい言動を身につけさせられるか。

ヘロニモ卿は地位に見合ったプライドの持ち主と聞く。機嫌を損ねると王都の本局にクレームが入りかねない。州の認定官が監査を回してきたのも、そのあたりの難しさが一因だろう。

（ロクでもない仕事ばかりだ）

とりあえずディアが失言した時の対応を考えておくか。最悪の展開を予期しながら、ミゲルは密《ひそ》かに覚悟を決めた。

3

「え、行方不明？」

裏返った声がアンティロペの庁舎ホールに響き渡った。手続き待ちの来訪客が何人か振り返ってくる。ミゲルは『勇者認定局・アンティロペ支所』と書かれたカウンターに手を突いた。

「どういうことですか。ヘロニモ卿がいなくなったって」

「それが、我々も何が何やら」

初老の担当官は不幸を塗りこめたような顔をしていた。額の汗を拭きながら、ぺこぺこと頭を下げてくる。

「本当に急にいなくなってしまって。行きそうなところを手当たり次第に当たっているのですが、まだ見つかっておらず、まことに申し訳ありません」

「いや、謝罪はいいので、何があったか教えてもらえませんか。監査了承の連絡はご本人からいただいていますし、約束をすっぽかすような方ではないはずですが」

第一種認定〈勇者〉だ。いなくなりました、はいそうですかでは終われない。当の本人だって監査をすっ飛ばすダメージは十分認識しているはずだ。なのにいきなり姿を消したとは、まさか、

「また死んじゃったってオチですかー？」

ディアの声に担当官の顔が強《こわ》ばる。慌てて彼女の口を塞ぐミゲルを、きつい視線で睨《にら》み

つけてきた。

「滅多なことを言わないでください、卿がどれだけ市民の尊敬を集めているか知らないわけじゃないでしょう」

「分かってます。分かってますけど」

ミゲルは声を潜めた。少し表情を厳しくして、

「彼女の言う通り、安否の確認ができないんじゃ最悪の事態もありえるでしょうに」

「命に別状はないと思いますよ。まぁ怪我《けが》の一つもないかは分かりませんが、少なくとも意思疎通できる程度には無事なはずです」

「なぜそう言い切れるんですか」

「ご本人から手紙が届くからです」

虚を突かれた。担当官は書類入れから三通の封筒を取り出した。中身を取り出してカウンターに並べる。

「『急に姿を消して申し訳ない。事情によりどうしても出かけなければならなくなった。問題が解決次第、すぐに戻る。ヘロニモ』――日付は違いますが、どれも似たような文面です」

ミゲルは視線を走らせた。紙面に躍る文字は達者だ。その辺のごろつきの代書には見えない。

「筆跡は？　ご本人のものですか」

「はい」

「この」

文章の中ほどを示して、

「事情というのは？　心当たりは？」

「まぁあると言えばありますし、ないと言えばないような」

「どっちです」

「認定官殿」

担当官は少し皮肉な表情になった。

「中央の方には分かりづらいでしょうが、地方の〈勇者〉なんてのは、苦情のよろず受付窓口みたいなものです。獣害だ、天災だ、縄張り争いだと日々相談がまいこんできます。事情や問題なんて売るほど抱えていますよ。どれと限定できないだけでね」

「……」

「もちろんいかなる〈勇者〉とて全ての相談には対応できません。ただ全部を無下《むげ》にすることもできない。〈魔王〉がいない今、〈勇者〉の存在意義は下々の民の救いになることですからね。二ヵ月前、ヘロニモ卿がいなくなった夜もそうでした。その日は月に一回のパーティーで、領主様を中心に町の有力者達が集まっていました。表向きの目的は諸侯の懇親、ですが実際はヘロニモ卿への陳情祭りでした。卿の人脈や権威を使えば、各々の悩みを解決してもらえるのではと。卿はいつものようににこやかに対応していましたがね、ストレスがないわけじゃなかったと思いますよ」

一次会がお開きになり、控え室に戻り、人払いをして、そして、姿を消した。

誰にも見とがめられずに、パーティー会場の建物から――

ふっと担当官の言わんとすることに気づき、眉をもたげる。

「つまり、ヘロニモ卿は周囲の期待に耐えられず逃げ出したと?」

「しっ、しぃぃっ」

声が大きいというように、口の前に人差し指を立てられる。

「あるいは全て御自身で解決すると決心されたかですね。積もりに積もった懸案を清算するまでは戻らないぞと」

「うーん」

地方の名士にまで上り詰めた人物が、果たしてそんな青臭い行動を取るものだろうか?〈勇者〉業務の重圧も周囲の期待も、全て分かった上での今の立場なのだから。放り投げるのも使命感に目覚めるのも遅きに過ぎる。

『何が何やら』

確かに、担当官の言葉通りだ。納得のいく説明が浮かばない。

「で、どうされますか？　閉庁まではいていただいても構いませんが」

「いえ」

すぐに状況が変わるとは思えない。長丁場に備えて拠点を確保しておきたかった。

「宿を探します。で、あとで連絡先を伝えに来てもいいですか。卿が見つかった時に報《しら》せていただきたいので」

「了解しました」

荷物を取り上げる。まだ状況を飲みこめてないディアに退出を促しかけた時だった。

「あぁ」

担当官が天井を仰ぐ。何かを思い出したように振り向いてきた。

「宿を探されてるなら、なるべく町の中心部がいいですよ。市外は少々物騒なので」

「物騒？」

主要街道沿いの大都市だ。辺境あたりとはわけが違う。ピンと来ないまま担当官を見つめる。

「空き巣でも出没しているんですか」

担当官は「いえいえ」と首を振った。書類入れを片づけながら、秘め事を囁《ささや》くように告げる。

「吸血鬼が出たんですよ」

4

【日刊アンティロペ号外】

――噂《うわさ》の吸血鬼、ついに市中に現る⁉　恐怖！　廃屋の美女ミイラ⁉

〇の月×の日。周囲の村々を恐怖に陥れていた〈吸血鬼〉が、とうとうアンティロペの町を襲った。現場は北大門近くの安宿A。酒の行商を営むナチヨ氏（仮名）は思ったように商品がさばけず、宿賃節約のためにAを訪れていた。

事件が起こったのは夜二時過ぎ。一人部屋のはずの隣室から言い争うような声が聞こえてきたのだ。最初は娼婦《しょうふ》でも連れこんでいるのかと思ったが、声はどんどん大きくなりついには怒鳴り声にまでなった。たまりかねて宿の者を呼び、隣室に踏みこむと、果たしてそこには全身の血を抜かれた女が倒れていた。そう、近隣の村々で起こっていたのと同じ惨劇が、ここでも繰り広げられていたのだ。果たして彼女の言い合っていた相手は誰だったのか？　その者はどこに消えたのか？　〇の月△の日発売の本紙で吸血鬼の正体に迫る。（文責：記者アドリアン）

「吸血鬼、ねぇ」

担当官からもらったゴシップ記事を斜め読みしながら、ミゲルは目をすがめた。

目抜き通りのオープンカフェだ。まばゆい陽光が日よけの布を焼いている。行き交う人々のざわめきが、不規則に大気を揺らしていた。もう少しすれば更に気温も上がってくるだろう。怪談話にはおよそ似つかわしくない雰囲気だ。

うさんくさい、というのが第一印象だった。グールやスピリットならともかく、吸血鬼のような上級アンデッドはもはや伝説上の存在だ。こんな王国支配圏のまっただ中に現れるとは思えない。だいいち記事の見出しと本文が嚙《か》み合《あ》っていなかった。舞台は廃屋ではないし、女がミイラになった様子もない。話題性重視で話を盛った感がぬぐえなかった。

別の新聞を取り上げる。『王妃イザベル、泥沼の不倫劇！』だの『国教会vs.プエルタ派、仁義なき戦いの軌跡！』だの関係ない記事を飛ばして、吸血鬼絡みのニュースを読み進めていった。

騒ぎが起き始めたのは二ヵ月ほど前のことだ。アンティロペから北に三十分、街道沿いの村、カラバサで農家の三男が死亡しているのが発見された。目立った外傷はなし。が、調査の結果、首筋や四肢の付け根に小さな刺し傷が認められた。傷は血管沿いに存在しており、通常なら出血が認められるはず。だが死体の周囲に血痕はなかった。

続けて西に五千ピエ行ったセノーラ村で木こりの男性が死亡。遺体の状況は同右。

更に数日後、街道から少し外れた草むらに旅人が倒れているのを発見。遺体の状況は
――以下略。

ただちに自警団が組織されて森や川沿いを見て回った。屈強な農夫達が昼夜を問わず不審者を探す。だが必死の努力を嘲笑《あざわら》うように被害は増えていった。最初は鼠《ねずみ》か蝙蝠《こうもり》の仕業と高をくっていた人々も、やがて吸血鬼の出現を噂するようになった。そして一月半前、ついにアンティロペの町で事件が起きた。もちろん町の門番や宿の者は、人を食い殺すような獣の姿を目撃していない。

（なるほど）

確かに薄気味悪い話だ。こんな状態では郊外の宿は奨《すす》められまい。人目の多い中心街に泊まれというのもむべなるかなだ。

だが、

「ミゲル様ぁ」

情けない声を上げておさげの少女が戻ってきた。ディアだ。顎を出して、今にも泣きそうになっている。彼女はテーブルのそばにへなへなと座りこんだ。

「やっぱりダメでしたぁ。大部屋も空いてないそうですぅ」

不安が失望に変わる。

中心街の宿が埋まっていたので、相部屋を持ちかけてもらったのだ。個室だけではなく

大部屋も可と条件を緩めてみたのだが、

——全滅、と来たか。

「ちゃんと宿代は個室分払うって言ったかい」

「言いましたぁ。でも他の人はもっと奮発してるって」

「ええぇ？」

「団体客向けに、城壁沿いの馬小屋まで開放しているらしくって」

「……」

みんなそんなに吸血鬼が怖いのか。物騒なのは確かだが、さすがに過剰反応すぎる。

溜息とともに覚悟を決める。

（仕方ない）

「分かった。じゃあ今日は郊外の宿で」

「いや、ダメですよ」

「え？」

「言ってるじゃないですかぁ。大部屋だけじゃなく、城壁沿いの馬小屋まで埋まってるって。ディア達を泊めてくれる宿はどこにもないんですよ」

……ん。

「ちょっと待ったディア、ひょっとして、君」

湧き上がる懸念を口に出す。

「中心街だけじゃなくアンティロペ中の宿を回ってきたのかい？」

「はい！」

……マジか。

さすがに言葉をなくしていると、ウェイターが水を運んできた。しゃがみこむディアの前に置く。

「ははは、お客さん、今は無理ですよ。あらかじめ人を走らせて数日先の宿を押さえておくくらいしないと」

「どういうことだい」

「この先のですね、フェリシダって町に巡礼客が増えてるんですよ。ちっぽけな教会があるらしいんですが、いろいろと霊験あらたかだって」

「ほぉ」

初耳だ。

「最近ですよ。一月《ひとつき》かそこらじゃないですかね。やれ怪我が治るだの、不治の病から回復しただの噂が噂を呼んで。うちの店でもよく巡礼客同士が情報交換してますよ。フェリシダに到着してからどうすればいいか、どんな病気に奇跡がきくかって」

「ふぅん」

吸血鬼騒ぎとは別件ということか。面倒な時に面倒なことが重なったものだ。舌打ちしながら銅貨を卓上に置く。

「彼女に僕と同じシドラを、それとどこか夜露をしのげそうな場所はないかな」

銅貨は飲み物代より少し多目だった。ウェイターは軽く会釈しつつ首をひねった。

「夜通しやっている酒場ならいくつかありますが、あまりゆっくり眠れる場所じゃないですね」

「だろうね」

「あとはヤクザ者のやっている闇宿ですな。今の状態だとだいぶ足下を見られそうですが」

どちらもロクなものではない。押し黙っているとウェイターはミゲルとディアの袖章に目を留めた。城門と物見櫓《やぐら》の印を見つめる。

「お客さん、お役人様ですか。王都の」

「ん？　ああ、そうだよ」

「だったら庁舎に泊まればいいのでは？　迎賓施設の一つや二つあるでしょう」

「そういうのは禁じられてるんだよ。公的設備の私的利用が一時期問題になってね。どうしても必要な場合は上長の決裁を得ることになっている」

「はぁ、ずいぶんと世知辛いですな……」

「公僕《こうぼく》だからね。身を慎みすぎるくらいで丁度よいのさ」

『なりたくない職業』ランキング、万年トップ、公務員。

かつて民衆に詰め寄られたトラウマが為政者を縛っている。過剰なまでの自浄努力が現場の役人達を切り詰めさせていた。

ウェイターは哀れみとも取れる視線を向けてきた。

「であればあとは街道沿いですね。農家が巡礼客をあてこんで宿を開いた、なんて話もありますし」

「ううん」

「まぁ最悪、町の外なら野宿も禁じられていませんから」

どんどんひどいことになっていく。

「ミゲル様、ミゲル様」

ディアが片手を挙げた。どんぐり眼をくりくりさせて声を張り上げる。

「ここはいっそ、フェリシダに行ってしまうのはどうでしょう」

「へ？」

「どのみちアンティロペにいても、いつヘロニモさんが見つかるか分からないんですよね？　だったらフェリシダに行って別のお仕事をする方がいいと思うんです。で、終わったらまたこの町に戻ってヘロニモさんの安否を訊《き》くとか」

「なんでフェリシダに行くのが仕事になるんだい」

「だって、その奇跡を起こしているのは〈勇者〉様って話ですよ」

⁉

ディアは得意げに胸を張った。

「宿の人達が言ってたんです。あそこの教会にはありがたーい〈勇者〉様がいる、手で触れるだけでどんな病気でも治しちゃうんだーって。ミゲル様は新しい〈勇者〉を見つけるのもお仕事なんですよね？　だったら、行って見てみるべきじゃないですか」

ウェイターを見る。返ってきたのは「ああ」と気の抜けた相づちだった。運ばれてきたシドラをテーブルに置く。

「確かに、そんな噂もありますね。一ヵ月前、神の啓示を受けた〈勇者〉が使命に目覚めて奇跡を起こし始めた、とか」

「神の啓示ぃ？」

「はい、神様がその人物に『汝《なんじ》、民を救い導け』とかおっしゃったらしいです。なのでただの〈勇者〉ではなく〈聖勇者〉様なんだとか」

「……」

眉唾にもほどがある。まともな認定官の取り合う案件には聞こえない。ただ一点、気になることがあるとすれば、

「その〈聖勇者〉ってのは男性なのかな？　年とか背格好とかは」

「女性らしいですよ。まだ若い娘さんだとか」

　ふむ？

　であればヘロニモ卿ではないか。失踪の時期が近いからもしやと思ったが。

「で、どうするんですかー？」

　ディアが畳みかけてくる。期待に目を輝かせながら、

「ミゲル様、フェリシダ、行っちゃいます？　行っちゃいますか？」

「行かないよ。〈勇者〉認定の申請も出てないし、いちいち自称〈勇者〉の真偽を確かめていたら人手がいくらあっても足りなくなるよ。それよりディア、もう一度、宿を回ってきてくれないかな。相場の倍払うからって持ちかけて」

「えー……もう無理ですよー」

「そんなこと言ったって、泊まるところを見つけないと野宿になるんだよ。風呂だって入りたいだろう？」

「そう、まさにそこなんです。フェリシダには温泉があるらしいんですよ！」

「……」

　公務員の自覚がなさすぎる。知識ばかりでなく、職業倫理さえ欠けているのか、この娘は。

　ドヤ顔のディアを睨みつけていると「あー」と声が上がった。

ウェイターが天井を仰いでいる。

「もう一つ思い出しました。〈聖勇者〉の噂です」

いや、もうその話は。

止《よ》そうと言いかけた瞬間だった。続くウェイターの言葉にミゲルは固まった。

「彼女は〈魔王〉を倒した〈勇者〉の生まれ変わりらしいんです」

第二章

Yushaninteikan to
Doreishoujo no
Kimyouna Jikenbo.

1

蹄《ひづめ》の音と鈴の音《ね》が交互に響いている。

突き上げる振動に合わせて景色が後ろに流れていく。たなびく雲はオレンジ色に染まり、今日一日の終わりを告げていた。遠くの山々が影に呑《の》みこまれて、地面との境界をなくしていく。葉擦れの音が響くたびに、世界が寝静まっていくように思えた。

「結局フェリシダに行くんですかぁ、しかも高いお金払って、馬車まで手配して」

隣席のディアは呆《あき》れ顔《がお》だった。荷物を抱えこんで足をぶらぶらさせている。飲みかけのシドラを手放せられたのが不服なのだろう。唇を尖《とが》らせていた。

「街道沿いに歩いて宿を探すでもよかったじゃないですか」

「伝説の〈勇者〉の生まれ変わりなんて聞いたら、ゆっくりしているわけにもいかないだろう」

資料をめくりながらミゲルは答える。

〈勇者〉の等級には第三種から第一種以外にもう一つ、特別なカテゴリーが存在する。

特種認定〈勇者〉。

かつての伝説の〈勇者〉と同じ力を持ち、単身で〈魔王〉を屠《ほふ》りえる者。

王国が血眼になって探し求めるその〈勇者〉は、だがこの百年、一人たりとも見つかっていない。つまり再び〈魔王〉が現れた時に抗しえる戦力を、正確な意味で王国はまだ持っていないのだ。確かに、第一種、第二種、第三種の〈勇者〉が総出でかかれば彼《か》の者《もの》を打倒できるかもしれない。ただ確実に勝てるとも言い切れない。だから特種の〈勇者〉は、全てに優先して探す必要がある――

ミゲルはランタンの光量を上げた。

「馬車なら仮眠も取れるし明朝には現地に着ける。道中の宿泊費が節約できるだろう」

「お風呂がないです」

「途中の休憩で水浴びの時間くらい取ってもらうよ。川沿いも通るだろうし」

「温泉は？」

「仕事がすんだあとにね」

「ぶぅう」

むくれ顔の前に砂糖菓子を差し出す。一瞬で機嫌を直す彼女に「で？」と訊《たず》ねた。

「そっちは何か新しい話は聞けたのかい」

「ああ、はい、えーっとですね」

出発前、馬車の待合で手分けして情報を集めていたのだ。ディアは荷物からメモを取り出してページをめくった。

「〈聖勇者〉の名前はアリアドナさんっていうそうです。一月半前、フェリシダ近くの森で大怪我《おおけが》をして倒れているところを見つかって、意識を取り戻したあとに『神の声が聞こえる』と言い出したんだとか。もちろん最初はみんな疑っていましたけど、実際に病気を治したり、他の人に神の声を聞かせたりして、これは本物だって騒ぎになって。で、その声が言ったらしいんです。『彼の者はかつて〈魔王〉を滅ぼせし者なり』って」

「それで伝説の〈勇者〉の生まれ変わりだって？」

「まぁ本人もそれっぽいことを言っていたみたいです。神様から聞いたって触れこみで、伝説の〈勇者〉がどういう人物だったとか、どうやって世界を救っただとか」

「そのくらい、物の本にいくらでも書いてありそうだけどな。歴史書とか研究書の類いとか」

「はぁ。でもアリアドナさんは文字が読めないらしいんです」

「ん？」

ディアはミゲルに合わせて首を傾《かし》げてきた。

「聖典の言葉とか巡礼の人の名前とか、そういうのも読めないみたいで、祭祀《さいし》の時はお付きの人が代わりに読んであげているんだとか」

「ふぅん」

視線を宙にさまよわせる。

「辺境の出身か何かなのかな」

「そのあたりがよく分からないんですよねー。怪我する前のことはあまり覚えてないみたいで」

「記憶喪失？」

「はい、思い出せるのは名前と、あとフェリシダ周辺の地名くらいって話で」

「ふぅむ」

学のある人間が〈勇者〉を騙《かた》っているわけではないということか。大怪我の話といい、詐欺にしてはどうにもやり方が迂遠《うえん》すぎる。何より彼女は〈勇者〉の申請をしていない。特種〈勇者〉という莫大《ばくだい》な利権を生む肩書を欲していない。

（本物）

一瞬過《よぎ》った単語に唇を歪《ゆが》める。まぁいい、監査に予断は禁物だ。

「でも彼女が本当に〈勇者〉だったら問題だな。今までの調査の仕方を改めないといけなくなる」

「？　なんでですか」

「今の学説だとね、〈勇者〉は生まれながらにして〈勇者〉、ただの人間はどれだけ鍛錬しようとただの人間ってことになっているからさ。だから一度チェックすればその人間がどちらかははっきりする。でも一般人が何かのきっかけで〈勇者〉に変わるとしたら？　極端な話、王国中の人間を毎年チェックしないといけなくなるだろう」

「手間が増えるわけですか」

「それだけじゃない。突然〈勇者〉になりえるってことは、突然『ただの人間』にも戻りえるってことだ。登録済みの〈勇者〉をもっと頻繁に調査しないといけなくなる。大騒ぎだよ。認定制度自体、一から作り直しになるかも」

「ほへぇ」

ぽかんと口を開けている。相変わらず、分かっているのかいないのかよく読み取れない。「だからね」と説明を重ねかけた時だった。

つんのめるように馬車が止まった。

!?

ディアと二人で椅子から転げ落ちそうになる。慌てて手すりにつかまり、対向の座席に足を突っ張った。が、小柄なディアはほとんど床に落ちてしまっている。かろうじてミゲルに抱きかかえられるようにして腰を浮かしていた。

「な、なんだぁ？」

窓から身を乗り出して御者席を見やる。馬達が鬣《たてがみ》を揺らしていた。突然手綱を引かれたためだろう。興奮気味に首を振っている。

「おい、どうして止まるんだい。まだ休憩じゃないだろう」

「いや、なんというか」

御者は戸惑いも露《あら》わに振り向いてきた。首を振り、顎をしゃくってみせる。

「前に変なものがありまして」

変なもの？

目を凝らす。ランタンに眩惑《げんわく》されて夜目《よめ》が利かない。仕方なく扉を開けてみる。ステップに片足を預けて眺めると、確かに道の先に黒々とした影が確認できた。倒木？ 土塊か？ いや、だが動いている。それも表面全体が複雑に何ヵ所も。んんん？ なんだあれ。

ＨＯＷＷＷＷＷＬ！

瞬間、影が弾《はじ》けた。爛々《らんらん》と輝く二つの光が、生臭い息を吐く顎門《あぎと》が、猛スピードで迫ってくる。それが風切り音とともに飛び上がり、こちらの喉首にかぶりつこうとした時だった。ディアが目の前に滑りこんできた。まるで磁石にでも引きつけられたかのように、ミゲルの盾となり衝撃を受け止める。

「ぐぇっ」

彼女はもんどりうって倒れた。自分が何をしたか分からないように、目をぱちくりとさせる。が、のしかかる存在を見て「うわぁああ」と悲鳴を上げた。

「ミゲル様！ 犬です！ 大きなワンちゃんが私を食べようとしています！」

「犬——じゃない」

がっしりとした体格、吊り上《あ》がった目、発達した顎の筋肉は〝狼《おおかみ》〟のものだ。一匹ではない。飛びかかってきた個体以外にも後方に二匹、続いている。つまりあの黒い塊は狼達の集まりだったわけだ。いずれもかなり気が立っている。口角が上がり、鋭い犬歯が剝《む》き出《だ》しになっていた。

迷っている暇はない。

手頃な石をつかみあげる。一呼吸して精神統一、狙いを定めて投げつけた。歪んだ形状の石塊は奇跡的にまっすぐな軌跡を描き、ディアの目の前をかすめて狼の頭に命中した。

ギャンっと甲高い悲鳴が響く。

一瞬の隙を逃すことなく突進。のけぞる狼の腹を蹴りつけてディアから引き剝がす。容赦はしない。少しでも弱みを見せれば、野生動物はかさにかかって攻め立ててくる。彼らを踏みとどまらせられるのは、単純に恐怖や不安のみだ。だからこそ必要以上に、苛烈に痛めつけ続ける。

……

ややあって場を覆う殺気が途切れた。後続の二匹があとじさっている。ディアを襲っていた狼の目からも戦意が失われていた。

「失《う》せろっ！」

拳を振り上げ威嚇する。それが合図となったように狼達は遁走《とんそう》した。現れた時と同じくらい迅速に夜の闇に溶けていく。

「ふぅ」

肩の力を抜いて空を仰ぐ。今更ながらどっと汗が噴き出してきた。脳裏に喉首へと迫る牙の映像がフラッシュバックする。ディアがかばってくれなかったら正直危なかったかもしれない。

「大丈夫かい。怪我は？」

ディアはしげしげと自分の身体《からだ》を見下ろした。「はぁ」と生返事してから、はっと気づいたように向き直ってくる。

「ミゲル様こそ大丈夫ですか！　あんなに激しく動いて、お身体に障っていませんか⁉　杖《つえ》と椅子――いえ、横になれる場所をご用意しましょうか！」

「……さすがにそこまでひ弱じゃないよ。いくら文官で荒事が苦手と言ってもね。まぁ、連中が集団で飛びかかってきたら危なかったかもしれないけど」

「その時はディアが身を投げ出しますよ。彼らが私をぱくぱく食べている間に、どうぞお一人でお逃げください！」

「君の中の僕のイメージはどうなっているんだい」

さすがにそこまで悪辣な真似《まね》をした覚えはない。ないはずだが。

寄り目になっていると馬車の陰から物音がした。小柄な人影がこちらをのぞきこんでいる。

「あのぅ、お客さん方、ご無事で？」

御者だった。片手に護身用の手斧を、もう片手にランタンを持っている。小さな目がおずおずと伏せられた。

「すいません、加勢にうかがうつもりだったんですが、馬を落ち着かせるのに精一杯で」

「……」

見たところ馬が暴れていた様子はない。言い訳にしても低レベルだが、問い詰めたところでどうなるとも思えない。「いいよ」とミゲルは首を振った。

「安易に外に出たこっちも悪いし。それより早く出発しよう。だいぶ時間をロスしてしまった」

だが御者はまだためらいがちだった。振り返って夜闇の奥《おく》を一瞥《いちべつ》する。

「それが……まだ何かいるようでして」

「は？」

まさか。

伸び上がって道の先を見ると、だが、確かに黒いものが横たわっている。先ほどより小さいがそれでもまだ進路を塞ぐ大きさだ。

狼どもが様子をうかがっている？　いや、でもまったく動く兆しはないが。

「見に行くか」

覚悟を決めて促すと、だが御者は目を逸《そ》らした。「馬が」、「怯《おび》えていて」とこれみよがしにつぶやく。ええい、くそ。

「分かった、僕らが先に行く。ただ力仕事になったら手伝ってくれよ」

返事を待たずに歩き出す。ディアが無言で付き従うと、さすがに御者もあとに続いてきた。十歩もいかないうちに物体の造作《ぞうさく》が見えてくる。狼……ではない。倒木でも土塊でもない。……ああ。なるほど、そういうことか。

男が横たわっていた。

旅装束だ。羊毛のマントにバレット帽、はちきれんばかりに膨らんだ荷物を背負っている。事切れているのは曇った目を見れば分かった。唇も赤みを失い、ひび割れている。

「死っ……」

悲鳴を上げる御者を制する。ランタンをかざして身体の硬直具合を確認した。

「死後三、四時間ってところかな。大丈夫、他殺だとしても犯人は近くにいないよ」

「さ、さっきの狼どもに殺されたんじゃないんですか？」

「だったらもっと死体が荒らされてるよ。察するに彼らは僕らの少し前にこの〝食糧〟を発見、どう分けるか牽制《けんせい》しあってたんじゃないかな。そこにいきなり僕らが来たもんだから、横取りされると思って襲いかかってきたと」

死体の横にひざまずく。年齢は三十代から四十代、やや浅黒の肌と縮れた髪は南方民特有のものだ。荷物の多さも考慮するとたぶん行商人か。

「なんですかー、この人、転んで頭でも打ったんですか」

ディアが緊張感のない声で呼びかけてくる。ミゲルは無造作にかぶりを振った。

「いや、目立った外傷はないな。てっきり物盗《と》りにでもあったのかと思ったけど……切り傷、刺し傷、打撲のあともなし。急な発作でも起こしたとか……ん？」

首筋に妙なものを認めて眉をひそめる。最初は影かと思ったが、肩を揺らしても位置が変わらない。皮膚が二ヵ所、青紫色に変色している。痣《あざ》だ。

「これは」

更に目を近づける。痣の中央に小さな出血のあとがあった。何か鋭利なものに貫かれた傷口。槍《やり》やナイフの類いではない。なんだろう、鼠《ねずみ》か蝙蝠《こうもり》にでも噛《か》まれた感じで……

（噛まれた？）

背筋にすうっと冷たいものを感じる。周囲の闇が濃さを増したように感じられた。

「どうしたんです、ミゲル様」

深呼吸を一回、鼓動を整えて顔を上げる。

「いやね。ゴシップ紙もたまには本当のことを書くんだなと思って」

「はい？」

「こいつは例の吸血鬼の仕業だよ。首筋に血を吸われたあとがある」

「きゅっ！」

御者が弾かれたように飛び退《との》く。頬を引きつらせて、恐慌も露わに視線を巡らした。

「吸血鬼ですって！　冗談じゃないです。お客さん、さっき、もう安全だって言ったじゃないですか！」

「犯人は近くにいないと言っただけだよ。こんな野原のまっただ中で安全の保証なんかできるもんか」

言いながら死体の検分を進める。やはり他の外傷は見当たらない。妙なのは、首筋の噛み傷程度では絶対致命傷にならないことだった。肌の張りを見ても、それほど大量の血を吸われたとは思えない。では一体なぜ彼は死んだ？　傷口から毒を流しこまれた？　あるいは精神的なショックで？

（――ふむ）

いろいろ興味の種は尽きない、尽きないが。

「ＯＫ」ミゲルは立ち上がった。

「そろそろ行こうか。ディア、この人の足を持って。御者さんは荷物を」

死体の肩をつかむ。無造作に足を持ち上げるディアを見て、御者は目を剝いた。

「ちょ、ちょっとお客さん、何してるんですか」

「脇にどけるんだよ。そうしないと出発できないんだろう？」

「出発」

異国語でも耳にしたように訊ね返された。

「い、いや、でも死体を見つけたんですから。町に戻って報告しないと」

「そんな余裕はない。いいかい、僕らが高い金をかけて君を雇ったのは、早くフェリシダに行きたいからだ。吸血鬼捜査がしたいなら、僕らを送り届けてから好きなだけやってくれ。客の時間を浪費しないでほしい」

「で、ですが、あとで死体を放置したと分かったら、なんの罪に問われるか」

「あのねぇ」

いい加減、忍耐の限界を感じて向き直る。死体を背に声を低くする。

「君はずいぶん、色んなものを恐《こわ》がっているみたいだけど、怯える対象に僕らが入らないとなぜ思えるんだい？　これ以上出発が遅れるなら、君を御者席から追い出して、自分達で馬を走らせるくらい普通にやるよ」

露悪的な台詞《せりふ》は、予想以上の効果を発揮した。御者は死体の荷物に飛びつくと、道の脇に放り投げた。そのまま脱兎《だっと》の勢いで御者席に戻り、手綱をつかむ。

……

「やれやれ」

こんなことなら最初から強面《こわもて》で臨めばよかった。ひょっとしたら運賃の二割や三割、負けさせられたかもしれない。

溜息《ためいき》をつきつつ馬車に戻る。ディアを引っ張り上げて扉を閉めてカーテンを引くと、もとの平穏な車内が戻ってきた。

ややあって馬がいななき、車体が動き出した。重々しい震動が夜の静寂を打ち払う。外の景色は流れ、あっという間に死体のあった場所が過ぎ去っていった。

ガタン、ゴトン、ガタン。

遠くに燐光《りんこう》がいくつか見える。逃げた狼の双眸《そうぼう》だろうか。邪魔者がいなくなったらまた死体を喰《く》らいにくる気かもしれない。そうなれば証拠は隠滅、気の毒な行商人は身元も分からずに消え去ることになる――

ディアがじっとこちらを見ている。ガラス玉のような目に、歪んだ自分の顔が映っていた。

「どうした？　僕の顔に何かついているかい」

「いえ、ミゲル様が何か言いたげだったので」

見透かされてる。我知らず苦笑が漏れた。

「我ながらロクでもないなと思ってね。〈勇者〉探索のためには、死体遺棄も脅迫もお構いなし。殺人も化け物騒ぎも見て見ぬ振り。公衆への奉仕者が聞いて呆れるってね。まぁ実際、「本当にどうでもよいと思ってるんだけどね。吸血鬼の一匹や二匹、殺人事件の一つや二つ。新たな〈勇者〉が見つかることに比べたら」

「……」

ミゲルは口角をもたげると揶揄《やゆ》気味な表情になった。

「君もいい加減うんざりしてるんじゃないか？　僕と行動していると、いつもこんな調子だ。少しは胸を張って、皆に感謝される仕事をしたいと思ってるんじゃないか」

「いえ？」

ディアはにっこりと笑った。

「ディアはミゲル様と一緒にいられるなら、なんでもいいですから」

「……」

嘆息して正面に向き直る。読みかけの資料を荷物から取り出した。

「もういい。寝れるうちに寝ておきな。現地に着いたら忙しくなる」

「はーい」

背もたれに寄りかかると、すぐに寝息を立て始める。あどけない横顔だ。頬を緩めて安心しきった様子になっている。

気づけば見つめてしまっていた。揺れるランタンの灯が睫毛《まつげ》に煌《きら》めく。ふっとなんとも言えない思いが湧き上がってきた。

（一緒にいられるなら、か）

どのみち離れることなどできないくせに。

シェードを調整してディアに光が当たらないようにする。山の稜線《りょうせん》から西日の残滓《ざんし》が消えて、世界は今度こそ真性の闇に包まれた。

2

フェリシダは鉱山都市だった。

だった、というのは閉山されて久しいからだ。

全盛期は半世紀前、王国の調査隊により銀鉱脈が発見されて、大量の人足がなだれこんできた。彼らの家族、商機を嗅ぎつけた商人、その雇用人があとに続き、辺境の山村は空前の繁栄をとげる。夜通し点《とも》るカンテラ。眠ることを知らない繁華街、あふれる人いきれと馬車の喧噪《けんそう》。行き交う人と金の量は一時期、アンティロペの町さえしのいだらしい。『山上の楽園』なる二つ名がつけられたのもその頃だった。

二十年前、採掘量が減少し始めると、人々は潮が引くように町を離れ出した。栄えた時とは真逆に、最初は商店の雇用人が、次に雇い主が、そして一財産をなした人足とその家族が去っていった。五年前、王国が閉山を決めた時、残されていたのは行き場のない下層人足だけだった。金もなく時勢を読む力もなく、戻るべき故郷さえない。そうした人種が以降のフェリシダの主人となった。

山上の墓標。

いつしか町の二つ名はそう変わっていた。

NEEEEEIGH。

いななき声とともに馬車が速度を落とす。朝靄《あさもや》の中、ディアは身体を起こした。眉根を寄せて視線を巡らせる。

「ここがフェリシダですか？」

朽ちた道標が道路に倒れかかっている。石畳は陥没して補修もされていない。靄《もや》の向こうに浮かび上がる建物はあたかも幽鬼のようだった。そびえる廃鉱山が町に黒い影を投げ落としている。

ミゲルはうなずいた。

「フェリシダだよ。僕らの目的地だ」

「はぁ、ずいぶんイメージと違いますね」

確かに、神の恩寵《おんちょう》に浴した町には見えない。もう少し日が昇れば〈聖勇者〉目当ての巡礼客も増えてくるのだろうが、現状ではただのゴーストタウンだ。神聖さの欠片《かけら》もない。

「降りるよ。ここからは歩いていこう」

相変わらずびくびくした御者に銀貨を渡して、荷物を下ろす。「さて」と道の奥を見つめた。

「一通り回ってみようか。教会が開いていれば入ってみる、宿があったら今晩の寝床を押さえる感じで」

「あいあいさー」

石畳を踏みしめて進んでいく。

緩いカーブを描く上り坂だった。山の外周に沿って町を作っているのか、たまに建物が途切れると奥に土色の斜面がのぞく。彼方《かなた》の山頂には採掘施設跡と思《おぼ》しき塔が屹立《きつりつ》して、往時の繁栄を偲《しの》ばせていた。

二十分ほど歩くと、やや背の高い建物が増えてくる。看板や装飾の施されたバルコニーが町並みを彩っていた。繁華街だ。人の姿もいくつか見える。いずれも陰気な面持ちでこちらを眺めていた。

（……？）

なんだろう、視線が集まりすぎている気がする。建物の中からも様子をうかがう気配がした。不審がられているのか？　こんな早朝に巡礼客が歩いているなんてと。……いや。

ひやりと冷たい感触を二の腕に覚える。脳裏に警報が鳴り響いた。

「ディア、袖章を隠して」

「え？」

「いいから、早く」

警告は間に合わなかった。

ずいと行く手を塞がれる。巨体が陽光を遮った。

「おいおい、本当に王都の役人さんかよ」

身の丈、二バーラと二パルモはありそうな大男だった。厚い胸板がシャツとベストを押し上げている。腕の太さはこちらの胴回りほど、首の幅も頭のそれを超えていた。刺すような視線をディアの袖章に向けてきている。

「今更どの面さげておいでなすったんだ？　ああ？　俺達《おれたち》の町がどれだけみすぼらしくなったか見学に来たのかよ」

「なんの話かな」

つとめて冷静に相手の目を見返す。敵意のなさを挙手で示しながら、

「僕らはただの巡礼客だけど」

「はっ」

鼻で笑われた。

「銀鉱脈の次は〈聖勇者〉様目当てってか。さすが抜け目がねぇな。で？　利用するだけ利用して使えなくなったらまたポイか？　冗談じゃねぇ、これ以上おまえらに吸わせる甘

い汁はねぇよ。とっとと帰りな。この町でおまえらを歓迎する奴《やつ》はいねぇ」

どうやら元鉱員らしい。周囲の人間も同じだろうか？　五年前の閉山で王国から見捨てられた者達。

敵意の正体が分かり息をつく。

「そういう苦情は担当の部局に上げてくれないかな。僕らは開発公社の人間じゃないし、護民官の仕事も請け負っていない。窓口違いだ」

「あ、あぁ？」

「だいいち〈聖勇者〉が誰に奇跡を施すかは君らが決める話じゃないだろう。いいのかい、フェリシダの〈勇者〉は職業で巡礼者を差別する、なんて噂《うわさ》が流れても。折角の町おこしのチャンスが不意になるよ。ブランド価値の毀損《きそん》ってやつだ」

「う、うるせぇ！　屁理屈《へりくつ》こねてるんじゃねぇ！」

男は額に青筋を立てて怒鳴り返してきた。拳を握りしめて、凄《すご》んでくる。

「と、とにかくこの町は王都の役人は立ち入り禁止だ。さっさと帰りやがれ。目障《めざわ》りだ！」

「嫌だと言ったら？」

「おうよ、力ずくでも追い出してやる」

指の骨を鳴らしながら近づいてくる。想像以上に喧嘩《けんか》っ早《ぱや》い。さて、どうするか。考えている間にディアが一歩、進み出た。そのまますたすたと男に向かっていこうとする。慌てて襟をつかみ引き戻した。

「おい。おい、何をしているんだい」

「もちろんミゲル様をお守りするんです。ディアの身を捧《ささ》げて、立派な肉の盾になってみせます」

「そんなことは頼んでいない。後ろで大人しくしていてくれ」

「ははは、またまたご冗談をー」

「あのね、これが冗談を言っている顔に見えるかい？　いいから、ここは僕に任せて」

押し問答を続けているうちに男が迫っていた。悶着《もんちゃく》を気にした様子もなく拳を振り上げる。あ、やばい。殴られる。顔を引きつらせて身構えた時だった。

「ガスパル」

柔らかな声が周囲の動きを止めた。

男が引きつり顔で振り向く。道の向こうにローブ姿の人影が現れていた。切れ長の目をした――優男だ。女のように細い指を白い手袋に包んでいる。

「さ、サーラス司祭」

震え声に優男は笑みを返した。

「困りますね。この町は迷える魂、全てに開かれていると伝えているでしょう。救いを求める者に拳を振るってどうしますか」

「だ、だけどこいつらは王都の役人ですぜ」

「役人？」

サーラスの目が見開かれた。灰色の瞳がミゲルの袖章を見つめる。

ぽつりと、

「王国勇者認定官」

おや。

知っているのか。意匠的には他の公務員章とほとんど違わないはずだが。

ミゲルは肩をすくめた。

「アンティロペの町で〈聖勇者〉の噂を聞いてね。少し足を延ばしてみたんだ。仕事で来たわけじゃないよ。他の巡礼客と同じ目的だ」

「それはそれは」

ローブの裾が揺れる。サーラスは慇懃《いんぎん》に一礼した。

「名にし負う王都の認定官殿に興味を持っていただけたとは光栄です。〈聖勇者〉様もお喜びになるでしょう。ただ、救いを求める者が列をなしているため、特別扱いはできかねますが。奇跡をご所望ならそれなりの時間をいただくことになります」

「構わないよ。覚悟の上だ」

サーラスは面を上げると邪気のない微笑を浮かべた。

「本日の祭祀は午前十一時からです。受付は三十分前に始まりますので、早めのお越しをお勧めします。教会の場所は？ お分かりになりますか」

「いや、散歩がてら探して回るつもりだったけど」

「ここをまっすぐ行って、鉱山に通じる道の先です。山頂の採掘塔を目指せば迷わないでしょう」

「なるほど」

言われるまま見渡して、ふっと視線に気づく。ガスパルが憎々しげに睨《にら》みつけてきていた。眼光が鋭い。いつ闇討ちしてきてもおかしくない雰囲気だ。

「ガスパル」

サーラスがたしなめた。

「お役目に戻りなさい。あなたにはあなたの仕事があるでしょう」

「……」

「ガスパル」

ちっと舌打ちしてガスパルが引き揚げていく。それに伴って周囲の敵意もわずかだが和らいだ。町の人間が三々五々、散っていく。

サーラスが恐縮気味にこうべを垂れた。

「申し訳ありません。不快な思いをさせましたね。悪い人間ではないのですが」

「いや、彼らにすれば勇者認定官も開発公社の人間も同じ役人だしね。山上の楽園を知る者からしたらいい感情はないと思うよ。当然の反応だ」

「そう言っていただけると」

「それより一つ訊《き》きたいんだけど、いいかな」

「なんでしょう」

「あなたは教会の人なのかな？　その——〈聖勇者〉を見つけたという」

「ああ」

サーラスは今気づいたように姿勢を正した。手を胸に当てて目礼する。

「申し遅れました。私、この地の布教を任されているサーラスと申します。はい、ご推察の通り〈聖勇者〉様を発見したのは私です。正確には私と侍者数名とでですが」

「なるほど」

ミゲルはうなずきながら、わずかに目を細めた。

「ちなみにどうしてその時〈勇者〉発見を届け出なかったのかな？　あなたは〈勇者〉認定制度の存在をきちんと理解しているように見えるけど」

「〈勇者〉ではありません。〈聖勇者〉様です」

にこやかだが断固として否定された。

「神の託宣を受け、奇跡の業で民を癒やす。このような存在はあなた方の定義する〈勇者〉

とは異なるはずです。である以上、制度に則《のっと》った申告も不要と思いますが、違いますか？」

「でも、彼女は伝説の〈勇者〉の生まれ変わりと名乗ったんだろう？」

「はい」

サーラスの目は冴《さ》え冴《ざ》えとしていた。無遠慮な質問に眉一つ動かさない。

「ですが〈魔王〉なき今、彼女に求められているのは戦いより癒やしです。であれば、ことは我々教会の領分となりませんか。あなた方、認定官の管轄ではなく」

「まぁ、そういう考え方もあるかもね」

続く質問を呑みこむ。

このくらいで止めておくか。元鉱員だけではなく、教会の人間にまで疎まれては動きづらくなる。あとは『実物』を見て考えるとしよう。

「分かった。じゃあそろそろ行くよ。引き留めて悪かった」

荷物を肩にかけ直すとサーラスは笑みを大きくした。

「いえいえ、ここでの時間があなた方の救いになるのを祈っておりますよ。あと、折角のお休みなのですから、あまりお仕事のことを思い出されない方がよいかと。信じる者は救われる、ですよ。認定官殿」

3

午前十時半。

フェリシダ到着から約五時間半後、押さえた宿に荷物を置き出発する。

アンティロペの宿事情があっただけに野宿も覚悟していたが、意外なほどスムーズに宿は取れた。どうやら巡礼客を見こんで、商店や飲食店が軒並み業態転換をかけているらしい。将来的な過当競争が気になるが、まずは夜露の心配をせずにすみ、一安心というところだった。

入り口の扉を開けると、街路はもう人であふれていた。

老若男女、貴賤貧富《きせんひんぷ》、服装も人種も雑多な人々が坂を上っていく。荷馬車の走行音がいくつも重なり合い響いていた。朝方の閑散が嘘《うそ》のようだ。靄の晴れた町は澄んだ青空に覆われて、路地の隅々まで陽光に照らされている。

奇跡を間近にした巡礼者達は一様に興奮して、お祭り騒ぎのようになっていた。露店商や大道芸人が声を張り上げて呼びこみをしている。食べ物の匂いと音楽が無秩序に混ざり合っていた。

「はぁ、これが全部、〈聖勇者〉様を見に来た人達なんですかぁ」

ディアが口を半開きにしている。どんぐり眼《まなこ》を白黒させて立ち尽くしていた。

「ディア、王都以外でこんなにたくさんの人、初めて見ました」

「確かにね」

誘われるように視線を巡らせる。踵《かかと》を持ち上げて人混みの向こうを眺めた。

「ヒラソル中から巡礼者が来ている感じかな。いや、沿海州の人もいるか。あの一行は南方大陸の人達だね、襟の意匠が特徴的だ」

「ほへぇ」

想像以上に噂が広まっているらしい。この調子だと、王都に話が届くのも遠い未来のことではないだろう。ひょっとしたら、もう別の認定官が派遣されてきているかもしれない。事前に報告を入れておくべきだったか？　まぁ今更か。かち合った時はその時だ。

「行こう」

手招きして巡礼の列に加わる。事前に教会の場所は確かめてあったが、すぐそんな必要もなかったことに気づく。目的地まで川のように人が流れていた。狭いメインストリートは人いきれで埋め尽くされており、左右に外れることもできない。視線を前に向ければ無数の後頭部が坂の上を目指していく。

おおよそ十分か十五分ほどで建物が途切れた。山の威容が迫る中、道はつづら折りになって山腹を上っていく。そして、途中のわずかに平坦《へいたん》となった土地にその教会は建っていた。

切妻屋根《きりづま》にとんがり帽子を被《かぶ》せたような、鋭角的な外観だった。鐘楼の上に環状の聖印が掲げられている。石段の奥には巨大な扉、その上にステンドグラスの窓が二つ。造りは古そうだが、くたびれた印象はない。周囲の植え込みもきちんと刈り整えられていた。

ただ、

（思ったより小さいな）

村役場に毛が生えた程度の大きさだ。主要都市の教会はもちろん、ちょっとした宿場町の教会にも及ばない。どうにも手狭な印象がぬぐえなかった。

すでに門の前には長い列ができている。ローブ姿の侍者が手際よく受付をしているが、それ以上のスピードで巡礼客が増えていた。見ている間に列の最後尾が延びていく。ディアがこくりと首を傾げた。

「これ、入れるんですかね？」

「ううむ」

受付開始と同時に来るのでは遅かったのかもしれない。教会の規模を見る限り、せいぜい三十人、入れるかどうかだ。だが目の前には百人を越える列が作られている。

仮にこの回を逃したとして、今日中に次の祭祀はあるのだろうか？　ないとしたら、もう一泊？　ただでさえ馬車の代金が嵩《かさ》んでいるというのに。

だが悶々《もんもん》とするミゲルをよそに、列は順調に消化されていった。巡礼客は次々に扉の向こうに消えていく。あっという間に受付数は三十人を越えて、四十人、五十人と増えていった。

（ん？）

入れている？

どういうことだ。

狐《きつね》につままれた思いで前の背中に続く。侍者のボディチェックを受けて入場、扉をくぐり、前室を抜けて、ミゲルは「あ」と声を上げた。

光が広がっていた。

巨大な、吹き抜けのドームだ。ドラゴンさえ入りそうな空間に、何百もの信徒席が置かれている。大樹のような柱がそこかしこにそびえて、天井の聖画を支えていた。奥の内陣には真紅の絨毯《じゅうたん》が敷き詰められ、複雑な形状の祭壇を載せている。採光窓とステンドグラスからの光が堂内の影を駆逐していた。

威容、いや異様だ。

明らかに先ほどの建物に入る大きさではない。夢でも見ているのか、はたまた異界にでも迷いこんだのか。正気を疑いかけてふっと気づく。

壁が岩だ。漆喰《しっくい》や木肌ではない。剝き出しの岩石が空間を構成している。

（なるほど）

山の中か。

教会裏手の山腹にドームを掘ったのか。

であればスペースの制限はない。岩肌の掘削さえ厭《いと》わなければ、どれだけでも拡張できるだろう。問題はそれにかかる時間や費用だが……ああ、そうか。ここがどこだか忘れていた。半世紀以上稼働していた鉱山だ。坑道も竪坑《たてこう》も腐るほどある。新しく穴を掘る必要など欠片もない。

廃鉱跡を利用した——聖堂。

BLAAAAAARE。

凄《すさ》まじい音圧に背中を押される。

入り口上の壁に無数のパイプが見えた。オルガンだ。加圧された空気が金属管を震わせている。荘厳な音色が聖堂内に木霊していた。

誰もが圧倒されて立ちすくみ、祈りを捧げている。中には雷に打たれたように放心している者もいた。

侍者達は慣れているのだろう。ひとしきり様子を見て、動かない者を席へと誘導していく。やがて人の流れが途絶えて扉が閉まった。オルガンの音が止《や》む。

息詰まるような沈黙が満ちた。信徒席からの視線が祭壇に集まる。高まる期待と緊張の中、固い足音が響いた。細身のローブ姿が内陣に入ってくる。

サーラスだ。

彼は柔和に微笑《ほほえ》みながら講壇に立った。居並ぶ巡礼者をゆっくりと見渡す。

「ようこそ、フェリシダ教会に」

張りのある声が響いた。

「今日このよき日に皆様と巡り合えたことを嬉《うれ》しく思います。皆様のうち、何人かは半信半疑で、また何人かは単なる好奇心でこの地を訪れたかもしれません。ですがご心配なく、〈聖勇者〉様はどなたにも分け隔てなく接します。……そう、たとえそれが、この場で彼女の化けの皮を剝ごうと目論《もくろ》む者であろうと」

⁉

ざわめきが起こる。誰もが周囲を見渡す中、だがサーラスは信徒席の一点を見つめていた。視線の先、ミゲルから見て右手後方に、行商人風の中年男性が腰かけている。くまひげの口元がわずかに強《こわ》ばっていた。しばらく素知らぬ風を装っていたが、周りの視線に耐えかねたのだろう、意を決して立ち上がる。

指先を力強くサーラスに突きつけた。

「化けの皮の自覚があるなら話は早い。神ならぬ者に神の言葉を語らせるなど、瀆聖《とくせい》、冒《ぼう》瀆《とく》の極みだ。すぐにこの集まりをやめ、悔い改めよ！」

「そうだそうだ！」

「神の怒りが落ちるぞ!」

示し合わせたように聖堂のそこかしこから声が上がる。遅かれ早かれ行動を起こすつもりだったらしい。唱和が水際立っている。

だがサーラスは眉一つ動かさなかった。鷹揚《おうよう》に両手を広げる。

「これはこれは、近隣町村の祭司様方」

一人一人に視線を向けて、

「昼日中に、ご自身の教会を空けてまでの訪問、痛み入ります。察するに我らの噂が、ご不審を抱かせてしまった模様。説明不足をお詫《わ》び申し上げます。しかし、ここは救いを求める迷い子達の場。導き手たるあなた方は、あなた方の迷い子を救いに戻るべきでは」

「っ！」

「このっ、どの口で！」

ははぁ。

なんとなく状況が飲みこめた。ふんと鼻を鳴らすとディアがまばたきを向けてきた。

「なんですか、これ？　どうなってるんです」

「商売敵が殴りこんできたんだよ」

立ち上がった祭司達を顎で示す。

「教会の稼ぎは土地の上がりを除けば、信者からの寄付・献金だからね。地元の信者が奪われたら、そりゃ怒るだろう。人のシマに何しやがるんだって感じで。聖職者だって食べていかなきゃいけないからね」

「はぁ」

ディアの首が傾く。

「奪われちゃったんですか？　信者さんを」

「あの怒り方を見る限り、ごっそり持っていかれたんじゃないかな。今の教会の教えは基本的に死後救済だからね。現世利益《げんせりやく》を謳《うた》う〈聖勇者〉様相手には、ちょっと分が悪い」

「ほへぇ」

小声でやりとりしている間にも、祭司達の声はどんどんヒートアップしていった。

「無垢《むく》な衆生は騙《だま》せても、我々の目はあざむけないぞ！　早く〈聖勇者〉とやらを出すがいい。小娘の演技などまたたくまに見破ってくれるわ！」

「我らの前で神の言葉を騙れると思うなよ！」

「主の教えと相違ないか、しかと見極めてやろう！」

これは……なかなか雲行きが怪しくなってきた。

相手は四六時中、聖典・教義と向き合っている者達だ。揚げ足を取るのはお手の物だろう。確か〈聖勇者〉は文字の読めない少女だという。覚えた内容を喋《しゃべ》る程度ならともかく、教理問答ができるとは思えない。

どうするつもりだろう。

固唾を呑んで見ているとサーラスは静かに手を挙げた。冷えた眼差《まなざ》しを祭司達に向ける。

「残念ながら、あなた方は二つ勘違いをしています」

勘違い？

全員の疑問に応えるように、サーラスは動いた。中央通路の中ほどを指し示す。

「まず〈聖勇者〉様はすでにいらっしゃっています。先ほどからずっと、あなた方のそばに」

⁉

視線を向けた先、身廊の真ん中に小柄な人物が現れていた。

白いローブをまとい、亜麻色の髪を三つ編みのシニヨンにまとめている。光が舞っているように見えたのは目の錯覚だろうか。凛《りん》とした風貌だ。すっと通った目鼻立ち、白磁のごとき頬。長い睫毛が瑠璃色の瞳に濃い影を落としている。

彼女は片手に金杖を持っていた。信徒席に向き直った拍子に、しゃらんと遊輪《ゆうりん》が鳴る。

「っ」

気圧《けお》されたように祭司達が後ずさった。が、すぐに気を取り直して少女を睨み返す。何か一言でも言えば、即座に反駁《はんばく》するつもりだろう。だが続けて口を開いたのは少女ではなかった。

サーラスの声が朗々と響く。

「二つ目の勘違いは、神の言葉を〈聖勇者〉様が伝えると思っていることです。なぜ全能の神が人の口を借りて話さねばならないのでしょう。神は、あなた方に直接語りかけられる」

風が吹いた。

ゆっくりと少女が祭司の一人を見つめる。人形のような面持ちのまま、静かに目線を合わせた。

瞬間、相手の顔色が変わった。「なっ」とよろめいて目を剝く。ひげ面が衝撃に歪んでいった。

何も聞こえない。少女の唇はまったく動いていない。だが男の恐慌は収まらなかった。続けて別の祭司が、また別の祭司が悲鳴を上げる。

「お……おお、神よ。お許しを！」

混乱は流行《はや》り病《やまい》のように広がっていった。そこかしこから呻《うめ》きと喘《あえ》ぎ声が上がる。「聞こえる！」「神の声だ！」という叫びが聖堂を満たしていった。

（えええ？）

なんだ、何が起きている。当惑して視線を巡らせていると、

「ひゃっ」

傍らのディアが飛び上がった。両手で耳を押さえて首をすぼめる。

「？ どうしたんだい」

「今、誰かが耳元で喋って。うわ、また聞こえた」

「はぁ？」

透明人間でもいるというのか？ 混乱気味に見渡して、ふっと瑠璃色の瞳と目が合った。〈聖勇者〉だ。確かアリアドナという名前だったか。まっすぐにこちらを見ている。透き通った、湖面のような眼。息を呑んで見つめ返していると、刹那、風が唸《うな》った。

（っ⁉）

聞こえた。確かに何かが耳元で囁《ささや》いている。男の声？ すぐそばで誰かが呼びかけている。

――を。

――我と、我が使いを讃《たた》えよ。

……！

少女の視線が逸れた。途端、風が止む。地鳴りのような唸りが収まる。一瞬遅れて、どっと汗が噴き出してきた。想定外の事態に心臓が脈打っている。

足音が響いた。

少女が歩いている。もはや誰一人逆らう者はいない。畏怖と畏敬の視線を集めながら彼女は祭壇へと向かっていった。慇懃に身を引くサーラスの脇を過ぎて、信徒席に向き合う。

「神はおっしゃいました」

鈴を転がすような声。

「迷える魂を癒やし、導き、苦しみから救い上げよと。私の手に与えられた力はわずかなものでしかありません。ですがそれは、皆様を祝福して安息をもたらすためのものです。どうか心を開き、私の祈りを受《う》け容《い》れてください。あなた方に神のご加護がありますように」

しゃらん。

金杖が鳴る。

衆人環視の中、ぼうっと遊輪が光を帯びた。夜光虫のような輝きが生まれては消えていく。特徴的な色合いだった。聖なるペールブルー。幼い頃、誰もが寝物語で耳にしたであろう退魔の輝き。

「あれは」

ディアも気づいたのだろう。囁くように告げてくる。

「〈聖具〉ですか」

「うん」

〈勇者〉の力を吸い上げて増幅する装置、〈聖剣〉の親族。あれを発動させられるということはやはり、本物の――

悲鳴のような声が上がった。

最前列近くの巡礼客が手を押さえている。三角巾で吊られた腕を高々と掲げた。

「動く！　動くぞ！」

「お父さんの手が！　絶対治らないって言われてたのに！」

「神よ！」

家族と思《おぼ》しき集団が涙を流して抱き合っている。〈聖勇者〉の少女はにっこりと微笑み、金杖をかざした。

続けて起こった喝采は地鳴りのようだった。誰もが興奮して声を張り上げている。立ち上がり嗚咽《おえつ》を漏らしている者さえいた。例の祭司達も雷に打たれたように放心している。

どのくらい時間がたっただろう、サーラスが少女の脇から一歩進み出た。胸に手を当て、何ごともなかったかのように告げる。

「では定刻になりましたので、本日の祭祀を始めます。恐縮ですが、以降の不規則発言は慎んでいただけるようお願い申し上げます。神は沈黙を尊ばれますので」

4

祭祀自体はそれから一時間ほどで終わった。

最初の騒ぎを除けば、ほぼ教科書通りのスタンダードな進行だった。司祭の言葉、聖歌斉唱、祈り、聖典の朗読、そしてまた聖歌。

事前に聞いていた通り、〈聖勇者〉は文字が読めないようで、儀式の大部分はサーラスが取り仕切っていた。それでも文句が出なかったのは序盤の出来事があったからだろう。気づけば参列者全員が（あの隣村の祭司達でさえ）真摯に祈りを捧げていた。

予想外だったのは、儀式中に〈聖勇者〉が追加の奇跡を執り行わなかったことだ。てっきり癒やしの業が大盤振る舞いされるものと思っていたので、少し肩すかしだった。果たしてこれで終わりなのか、神の福音とはこの程度のものかと考えていると、侍者が声を張り上げた。

「聖餐《せいさん》の儀をご希望の方は、聖堂右手の翼廊にお並びください」

巡礼者の三分の一ほどがざわざわと動き始める。特に怪我人《けがにん》や病人と思しき者が目の色を変えていた。

（ああ、なるほど）

つまり奇跡の本番はこのあとらしい。

あとに続くべきか、それとも遠巻きに様子をうかがうか、迷うように顎をなでた途端、傍らのディアが立ち上がった。

「すごかったですね！ すごかったですね！」

興奮で頬が赤くなっている。どんぐり眼がきらきらと輝いていた。

「神様の声なんて初めて聞きました！ 本当にいるんですね、びっくりです！」

「……君は本当に素直だね、人生楽しいだろう」

「はい！ 毎日が幸せです！」

皮肉も通じないのか。げんなりした表情を見て取ったのか、ディアは「あれれ」と首を傾げた。

「ミゲル様は感動しなかったんですか。あんなに素敵な儀式だったのに」

「いや、すごいとは思うけどね。ちょっと演出過剰かなと」

「えんしゅつかじょー？」

振り向きながら背後の高窓を示す。

「あの採光窓だけどね、目隠しが動くようになっている。たぶん、角度を調整して明かりの向きを変えられるんだ。で、シルクみたいに光沢のある服を目当ての人物に着せて、聖堂中央にたどりついたところで照らし出す。と、いきなりその人物が現れたように見えるわけだ。何もないところから忽然《こつぜん》とね」

「え？　それって、まさか」

「うん、〈聖勇者〉様の登場シーンだよ。あれは照明担当とサーラスがタイミングを図ってやったんだ」

そもそも事前に近隣町村の祭司達を見つけていたのなら、入場を拒否してもよかったわけだ。あえて中に入れさせて、挑発して、絶妙のタイミングで〈聖勇者〉にやりこめさせた。これを演出過剰と言わずしてなんと言う。

「最後の奇跡だって妙だよ。仮に〈聖具〉が本物だとして、相手の病気や怪我の具合はどうやって知ったんだい？　骨折と風邪じゃ施す術も違うだろう。なのになんの迷いもなく奇跡を振るって、ほら、元通りと来たもんだ。明らかに仕込みだろう。サクラを忍ばせて台本通り喋らせたとしか思えない」

「ミゲル様ぁ」

ディアがやや鼻白んだ様子になる。眉尻を下げて、

「そんな風に、なんでもかんでも疑って疲れません？」

「君も王国の公務員なんだから、もう少し警戒してかかりなよ。実際どうだい。最小限の奇跡を見せただけで、次のイベントは満員御礼《おんれい》じゃないか。たぶん、今度はそれなりの金を取るんじゃないかな。寄付か寄進か、名目は分からないけどさ」

「んー」

斜に構えた見方が気に入らないのか、ディアは下唇を突き出した。少し考え後に続ける。

「でもミゲル様、神様の声は聞こえましたよね？」

「ああ」

「あれはどんな仕掛けなんですか？　それに〈聖勇者〉さんは本物の〈勇者〉でしたよね。傷を治したかどうかはともかく〈聖具〉は使ってましたし」

「まぁ」

それを言われると返しづらい。サーラスが商売上手なのと奇跡の存在は、別に矛盾しない。サクラ相手だからといって、退魔の輝きが無効になるわけでもなかった。

もとよりこちらの目的は、彼らのシノギにケチをつけることではない。〈聖勇者〉がどの程度の実力なのか、伝説の〈勇者〉と同じ力を持っているか見極められればいいのだ。

だとすれば今は予断を捨てて情報収集に専念するべきだろう。

「聖餐の儀とやらにも参加してみるか」

「え？　いいんですか」

ディアの目が丸くなる。今までの逡巡《しゅんじゅん》はなんだったのかという顔で、

「相手に乗せられて、お金払うの嫌ーって感じだったじゃないですか」

「〈聖具〉適合者の監査なら経費で落ちるし、僕らの懐は痛まないよ。まぁ、額にもよる

けどさ」

巡礼者の風体を見るに、それほど裕福には思えない。さすがに局長決裁の限度額は越えないだろう。

翼廊を見る。すでに人口密度はかなりのものになっていた。早く並ばないとどんどん後ろに追いやられそうだ。

「行こう」

荷物を持ち上げて列の最後尾に向かう。前に並んでいたのは初老の女性と娘だった。たぶん親子なのだろう。足を引きずる女性を娘が支えている。目が合った拍子に会釈すると、女性の相好が緩んだ。

「あんた方はどこを悪くされましたかの」

言われてみれば、周りはどこかに不調を抱えた者ばかりだ。考えた末に「胸の病を抱えていまして」と答える。相手は「そうですか」と屈託なく微笑んだ。

「あたしは見ての通り、足を悪くしましての。もう治らないものと諦めていましたが、この子の夫が〈聖勇者〉様に助けていただきまして」

「え?」

娘がはにかんだようにうなずいた。

「私の主人は工房で働いていて、仕事中にひどい火傷《やけど》を負ったんです。でも〈聖勇者〉様にご相談して、痛みを取っていただくことができて」

予想外の展開に息を呑む。逸《はや》る気持ちを抑えつつ訊ねた。

「じゃあ、聖餐の儀に立ち会われたことがあるんですか、あなたは」

「はい」

「どんな儀式だったんです？」

「簡単なものですよ。怪我の事情を話して、そのあとに清められたパンと果実酒をいただくんです。神の血と肉を分かち合うというお話で、一緒に祈りを捧げながら」

「それだけですか？」

「はい」

ほとんど洗礼の儀と同じだ。作法や道具立てにも珍しいものはない。それで傷や病が治る？　ちょっと信じがたい。

「儀式は？　この場で執り行われるんですか」

「いえ、別室に通されて、司祭様達の立ち会いの下、〈聖勇者〉様と向かい合う感じで」

「痛みはすぐ消えてなくなったんですか。その、祈りを捧げられたタイミングでとか」

「どうでしょう。よく覚えていなくて。儀式の途中からぼうっとしてしまって、気づいたら主人が『治った』と叫んでいて」

「ふぅむ」

相手の顔にわずかだが不審の色が過る。ちょっと根掘り葉掘り訊きすぎたか。頃合いと見て質問を切り上げる。

「ありがとうございます。ご母堂の足がよくなるといいですね」

「ええ、あなたも」

あとは実際に見てみるしかない。幸い、列は思ったより早く消化されていた。足音が響くのに合わせて翼廊奥のステンドグラスが近づいてくる。

ふっと見上げると、滑らかな壁面が迫っていた。

岩肌を磨き上げたのか、そう思って目を凝らすと、細かい五角形が無数に組み合わされてドームを構成している。いやに規則的な配列だ。計算して削りこまないとこうはならないだろう。素掘りの坑道跡ではないのか？　いや、入り口のあたりはそれらしい無骨さも残っていた。だとすると聖堂に流用する時、一部をわざわざ造作し直したのか。ふむ？ずいぶんと手間のかかることをやっている。

つらつらと考えているうちに列の先頭にたどりついていた。年若い侍者が受付越しに会釈してくる。

「大変お待たせしました。こちらの書類にご相談内容を記入願います」

「はいはい」

名前や出身地を書きこみながら、料金表（とはもちろん書かれていない。お布施の目安的なタイトルだった）に目を走らせる。予想通り、なかなかよい金額だった。王都の兵士の月給並みだ。一瞬手が止まりかけたが、乗りかかった船だ。覚悟を決めて書類を書き上げる。

提出。

「はい、こちらで結構です。では整理札をお渡ししますので、外でお待ちください。当日の予定は毎朝六時に、正門前の掲示板で発表します」

……ん？

違和感を覚えて侍者を見返す。ディアが肩越しにのぞきこんできた。こくりと首を傾げながら、

「あのー、このあとすぐ儀式が始まるんじゃないんですかー？」

「〈聖勇者〉様の力にも限りがありますので」

侍者の笑みは朗らかだった。

「一日の面会は十名程度になっております。昨日までのお申し込みも含めて、毎朝、厳正な抽選で儀式の参加者を決めさせていただきます」

嫌な予感がした。番号札を握りしめて、やや上目遣いに訊ねる。

「ちなみに皆、平均でどのくらい待つのかな？」

「おおよそ一ヵ月ですね」

ミゲルとディアは顔を見合わせた。

5

さすがにつきあっていられない。

一度教会を出て戦略を練り直すことにした。

同じような悩みの持ち主が多いのか、教会前の広場には怪しげな事情通がうろちょろしていた。『明日、入れる整理札だよ』などと声を潜めて売りつけてくる者もいる。どうやらスリも多いようで、侍者達が注意を呼びかけていた。

人混みを抜けて一息つく。

ディアが「どうしますか?」と訊ねてきた。

「う〜ん」

馬鹿正直に一月《ひとつき》待つのはありえない。ヘロニモ卿《きょう》の監査だって残しているのだ。明日・明後日《あさって》と言わずとも、どこかのタイミングでアンティロペに戻りたい。

「ミゲル様、ミゲル様、妙案です」

「なんだい」

「とりあえず温泉を探してみませんか? リフレッシュすればよい考えが浮かぶかもしれ

ません」

「それ、君が入りたいだけだろう」

「いえ、いえいえ」

ディアは胸を張った。

「ディアはちゃーんと考えております。温泉と言えば庶民の社交場。よそでは聞けない本音の話を耳にできるはずです。〈聖勇者〉さんに会う方法も、きっと見つかるものと！」

「却下」

「なんでですかー！」

目を三角にするディアを払いのける。

「そんな人の集まるところで聞き回っていたら噂になるだろう。逆に警戒される。非公式のアプローチを取るなら秘密裏が鉄則だ」

「はぁ……秘密裏、こっそり忍びこむとか？」

「いや」

さすがにそれでは捕まった時に申し開きできない。サーラスに面が割れている以上、一般人を装うのも厳しかった。

ではどうするか。

〈聖勇者〉に会う方法。

対面して〈勇者〉の適性を調べる方法。

うーん。

うーむ。

んー。

……

「搦《から》め手《て》から攻めてみるか」

「はい？」

「いや、直接〈聖勇者〉に接触するんじゃなくて、まずは〈聖勇者〉に近い人間を狙ってみるんだ」

きょとんとされる。ミゲルは整理札をもてあそびつつ続けた。

「〈聖勇者〉は女性だろう。で、教会の人間というのは基本的に男だ。聖なる乙女の世話をするには相応《ふさわ》しくない。だったら誰か外の女性を雇って、彼女のそばに侍《はべ》らせているんじゃないか？　であれば、その人物を懐柔すればいい。聖餐の儀の費用の半分でも握らせれば、まぁ悪い反応はしないだろう」

「ばいしゅーってやつですか」

「取引だよ。世界を救うためにご協力くださいってわけだ」

〈聖勇者〉に顔を繋《つな》いでもらい、密会の場を作らせる。外で会うか、あるいは教会内に手引きしてもらうかは、相手のアドバイスを尊重すればいい。

ディアはふむふむとうなずきつつ、

「でも、そのお世話をする人はどうやって見つけるんですか？　相手が誰だか分からないと探せないですよね？」

「通用口で待ち伏せする。通いなら日が変わるまでには出てくるだろうし、住みこみでも二日に一回くらいは買い出しに行くだろう。そこを見つけて話しかける」

「えーっと……つまり？」

「今から三時間交替で見張りに入る。僕は本局宛に報告の手紙をしたためるから、その間はしっかり見張っていてくれよ。何、ほんの四十八時間の辛抱だ」

ディアの呻きは言葉にならなかった。


温泉、温泉とかまびすしいディアをなだめすかして張りこみに入った。

通用口は教会の建物の裏手、岩壁沿いにひっそりと設けられていた。丁度、道路からは死角になる位置だ。並木の陰に入れば、見とがめられることなく見張りができる。

一度宿に戻り、報告書を郵送してから教会に戻った。ディアに状況報告させて交替、それを三時間おきに繰り返す。

あらかじめ予想していたことだが、夕刻までほとんど動きはなかった。侍者達は普通に正門を使って行き来している。出入りの業者も、おそらく午前中に搬入を終えているのだろう。通用口に近寄る者はいなかった。

高地の陽は急速に陰り、山の稜線に消えていった。

夜十時、夜食を持って教会を訪れると、ディアがこっくりこっくりと船を漕《こ》いでいた。

嘆息して手刀を彼女の頭に落とす。

「こら」

「え？」

夢から覚めたように周囲を見渡す。琥珀《こはく》色の目が焦点を結んだ。

「あ、ミゲル様！」

「あ、ミゲル様じゃないよ。いつから寝てたんだい」

「寝てないです！　今一瞬、ちょっと気が緩んでいただけですよ」

「本当かぁ？」

まぁ確かに自分も『寝ずの番をしろ』とまでは言わなかったが。基本言われたことしかやらない（できない）彼女に、どこまで指示を与えるかは、毎度悩みの種だった。

頭痛を堪《こら》えるミゲルに、だがディアは憤然と胸を張ってみせた。

「だって、あの人が通用口から出てくるのも見てましたよ！　大きな、目つきの悪い」

「は？」

なんの話だ。

「ほら、いたじゃないですかぁ、朝、町に着いた時、ディア達の袖章を見てぷんぷん怒り出した」

「……」

「力ずくで追い出してやるぜーとか、なんとか言ってた」

「ああ」

ガスパルと言ったか。元鉱員のごろつき、荒くれ者、サーラスにたしなめられて渋々退散していったが、

「なんであいつが教会から出てくるんだ？」

「分かりませんけど、ゴミとかいっぱい運び出してましたよ」

「ゴミ？」

「仕分けて、台車に乗せて、ぶつぶつ文句を言いながら」

そういえばサーラスは『お役目に戻りなさい』とか言っていた。つまりガスパルは教会で下働きをしているのか。確かに、敬虔《けいけん》さには縁遠い顔をしながら、サーラス相手だとえらく低姿勢だった。食い扶持《くぶち》をくれる相手なら腰も低くなるだろう。

「顔は見られていないだろうね」

「もちろん、ちゃんと人目につかないように寝てましたから」

「寝てたのかよ」

「よ、横になって見張っていたということです」

夕方の見張りを任せたのは失敗だったかもしれない。世話係の退勤は夕刻以降と予想していたのだから、まるっと受け持つべきだったか。まぁ、今更言っても詮なきことだが。

「で？」と報告の続きを促す。

「肝心の世話係は？　それらしい相手は見かけなかったのかい」

「んー……他には誰も出てこなかったと思いますけど」

「ガスパルと一緒に他の人間が出入りしてたってことは？」

「それはないです。一人で扉を支えて荷物を出して、大変そうでしたから」

なるほど。

OK、疑ってばかりいても仕方ない。この時間は空振りだった。地道に見張りを続けるしかないと。

「じゃあ交替するか。宿の亭主に食事を頼んであるから、戻ったら受け取るように」

「はぁい」

どさりと背後の下生えが鳴ったのはその時だった。

何か重い物が地面を踏みつけた音。衣擦《きぬず》れを思わせる乾いた気配。

息を呑み振り返ると、通用口のそばに黒々とした物が見えた。とぐろを巻いている。脈打ちながら地面と壁を叩《たた》いていた。

蛇？

……いや。

縄だった。頭上から一本、ぶらぶらと垂れ下がっている。見上げると開け放たれた二階の雨戸が確認できた。漏れた灯の中に黒い影がうごめいている。なんだ？　しげしげと眺める間もなく正体が知れた。人だ。夜空に尻を突き出しながら、荒い息遣いを漏らしている。おっかなびっくり縄を伝い、教会を抜け出そうとしていた。

人間、予想外のことに出くわすと身動きが取れなくなるらしい。ディアもぽかんと口を開けていた。

人影は一心不乱に高度を下げると、なんとか着地した。額の汗をぬぐって嘆息、勢いよく振り向いてくる。

「ふう、うまぐいった。まんず心臓に悪いっぺ、おっかねぇ、おっかね……っと」

目が合った。

瑠璃色の瞳、白磁のような頬、流れる亜麻色の髪。整った顔に衝撃が走る。

えーっと。

「〈聖勇者〉様？」

「わぁあああぁ！」

両手で口を押さえられた。

「ひ、人違いだ！　オラは〈聖勇者〉なんかでねぇ！　やめでぐれ、おがしなごど言うの！」

「わ、分かった。分かったから口を塞がないで、苦しい！　苦しいから！」

必死に引き剝がして距離を取る。狼狽《ろうばい》も露わな彼女を押しとどめた。

「あまり騒ぐと人が来るよ。君、内緒で抜け出してきたんだろう。だったら早くここを離れた方がいいんじゃないか」

「……」

「ロープだって垂らしっぱなしだと、いつ見つかるか分からないよ」

痛いところを突かれたのか、白い顔に先ほどとは別種の焦りが過る。視線を泳がせる彼女に、ミゲルはうなずいてみせた。

「とにかく移動しよう。その形《なり》で動き回ると騒ぎになるから、顔は隠して。ディア、フードを」

「はいな」

渡された布を、少女は素直にかぶった。部屋着と思しき服装のためか、顔さえ隠せば普通の町娘の雰囲気になる。

街道を横切り斜面を下る。つづら折りの道をショートカット。町灯《あか》りから離れる方向に進んでいくと、ほどなくして人気のない広場にたどりついた。外周は石垣で囲まれて中はうかがえない。くたびれた石碑に『共同墓地』の文字が刻まれていた。

陰鬱な空気がわだかまっている。夜闇はねっとりと重く、存在自体が人の接近を阻んでいる感じだ。普段なら近寄りたくもないが、こういう時は役に立つ。

念のため視線を巡らせてみた。追っ手の姿は……ない。

「さて、と」

途方に暮れた様子の少女に向き直った。

「事情を聞かせてもらえるかな、〈聖勇者〉様」

「んだがら、オラは」

「そういうのいいから」

食い気味に遮った。

「教会から、さっき祭儀で見たのと同じ子が出てきて、それを別人と思えるほど馬鹿じゃないんだ。いくら雰囲気や口調が違うからってね」

「……」

「それとも影武者か何かなのかい。本物の〈聖勇者〉になりかわって、不測の事態に備えているとか」

だんまりだ。うつむきがちに視線を逸らしている。

まぁ本当のことを言うメリットが何一つないのだから当たり前か。仕方ない、騙し討ちは不本意だが、状況が状況だ。

　わざとらしく溜息をついてみせる。

「分かった。じゃあ君はあくまでも〈聖勇者〉じゃないと言い張るんだね」

「……ん、んだ」

「影武者でもないし、祭儀のことも全然分からない」

「んだんだ」

「ところでアリアドナさん、少し質問があるんだけど」

「なんだが？　……あっ！」

　単純で助かる。

　アリアドナの顔は赤から白、そして青色にめまぐるしく変化した。ぱくぱくと酸欠気味に口を開け閉めして静止してしまう。

　ややあって観念したのだろう、彼女は上目遣いに見上げてきた。

「司祭様に言うのが？」

　蚊の鳴くような声。

「オラが逃げ出して、こんな風な言葉で喋ってるなんて」

「その気があるなら、さっき教会の扉をノックして君を引き渡してるよ。信じてもらえないかもしれないけど、僕らは君の味方だ。正確に言うと〈勇者〉って存在を守る立場なんだけど……知ってるかな？　王国勇者認定官って」

？

きょとんとした表情だ。ミゲルは袖章をつかんでアリアドナに見せた。

「王都の役人だよ。〈魔王〉復活に備えて〈勇者〉の素質を持つ人間を探しているんだ。適性のある人間は保護して、補助金を出したりもする」

「はぁ、お役人様、はぁ」

「だから君の損になることはしない。教会から離れたいっていうならその意も汲《く》む。ただ事情は聞かせてほしいんだ。なんでまた、いきなり夜逃げみたいな真似をしでかしたのか」

アリアドナはしばらく押し黙っていたが、諦めたように目線を外した。墓地の壁にもたれかかって長息する。

「忙しすぎるんだぁ」

「え？」

「朝から晩まで儀式儀式儀式、着替えで髪結われで、よぐ分がらね油、顔どがにべったべった塗られで。それが終わったら今度は勉強だで、話し方おがしいどが姿勢悪いどが怒られっぱなしで、もう息つぐ暇もねぇ」

「だから嫌になって逃げたと？」

卑近《ひきん》すぎる理由に拍子抜けする。だがアリアドナは心外そうにかぶりを振った。

「とんでもねぇ。司祭様には助げでもらった恩があるし、そんな薄情なごどはでぎね。んだども村のみんなが心配してるで思うし、一度ぐらい挨拶さ帰るべ思って」

「挨拶」

「怪我して教会に運びごまれでがら一回も連絡でぎでねぇんだ。司祭様は、ちゃんとおじさんおばさんにはオラのご伝えであるで言ってるんだげど」

おじさん、おばさん……？

どうも要領を得ない。整理して話すことが苦手なのか、訛《なま》りのきつさも相まって意味がつかみづらい。ただ順を追って確認すると、どうやらこういうことだった。

彼女、アリアドナは一月前まで山麓のトロ村というところで暮らしていた。

生まれは辺境の寒村で、早くに親を亡くしてしまったらしい。親戚の伝手《つて》をたどり、村々を転々とした挙げ句、ようやく落ち着いたのがトロ村の叔父・叔母夫婦のもとだった。夫婦は小規模ながらも農地を有しており、成人前の少女にもそれなりの働き口を用意できた。

農作業の手伝いや炊事、洗濯、子守など。決して楽ではないが、身売りや物乞いに比べればはるかにましな境遇だ。実際、アリアドナはさしたる不満も持たずに日々を送っていた。

ある日のこと、山菜採りに林へ出かけると、彼女はひどい雨に出くわした。空がまたたく間に暗くなり雷鳴が轟《とどろ》いた。地平線から湧き出す黒雲、天地を貫く稲光。慌てて帰り支度を始めたが、その頃にはもう一寸先も見えないほどの豪雨が降り注いでいた。

雨宿りするべきか？　天気が落ち着いてから移動するべきか？

冷静に考えればそのどちらかだろう。だが、当時の彼女の心を満たしていたのはある噂だった。日が落ちると吸血鬼が現れる。喉笛に噛みつかれて全身の血を吸い出される。

実際、そういう事件が街道沿いで何件も起きていた。近隣の村人が自警団を組織して見回ったが、彼らの努力を嘲笑《あざわら》うように被害が増えていった。今、昼の光を失いつつある世界の中で、いつ自分が次の獲物になるか、アリアドナは気が気ではなかった。

荷運び用の布を傘代わりにして木陰から飛び出した。背中を丸めて、肩をすぼめて、足を速める。慣れ親しんだ土地だ。街道に出さえすれば方角は分かる、まっすぐ村に帰り着ける、そんな楽観を、だが自然は容赦なく裏切ってきた。

道と思った場所に道はなく、引き返そうと進んだ先はまったく知らない景色だった。たちまち服も髪も水浸しになり、靴の底が泥に埋まった。それでも必死に歩いていくと唐突に地面がなくなった。

崖だった。総毛だった時にはもう虚空に踏み出している。雨粒に叩き落とされるように彼女は落下していった。途中で岩肌や木の幹に打ちつけられて、平衡感覚がぐしゃぐしゃになる。ようやく止まった時にはもう、ほとんど意識を失いかけていた。

どくどくと血の流れ出す気配がする。足や手の感覚がない。見なくてもひどい怪我をしていることは分かった。ああ、だめだ。死ぬ。死んでしまう。もう助からない。絶望に襲われていると不意に人影が見えた。

大声を上げながら、複数の姿が近づいてくる。ひょっとして吸血鬼かと思ったが、瀕死《ひんし》の身では逃げることもできない。血を吸いたいならどうぞお早いうちに、そう投げやりにつぶやいて彼女は気を失った。

昏睡《こんすい》中、不思議な夢を見た。大きな黒い影がいくつものぞきこんできている。背にはまばゆい光の輪があった。カラン、カランと乾いた金属音。どこからか水の滴る音もする。彼らはおもむろに光る刀を取り出すと彼女に突き刺した。不思議なことに痛みはまったくなく、不快感もなかった。『我が僕《しもべ》にして、かつて世界を救いし者よ』低い声が耳元で響いた。『再びこの世に降り立ち、民を救うのだ』

次に目を覚ました時はもう教会のベッドだった。包帯とガーゼでぐるぐる巻きにされて、彼女は横たわっていた。

『奇跡です』とサーラス司祭には驚かれた。彼らがアリアドナを見つけた時、彼女はすでに息を引き取りかけていたらしい。せめて亡骸《なきがら》を供養しようと連れ帰ったが、みるみるうちに回復して、ついには意識を取り戻したのだという。

『神の思《おぼ》し召《め》しです』

感慨深げな台詞に、だが最初はピンと来なかった。

よくも悪しくも彼女は流されるタイプで、死の淵《ふち》から生還したと聞かされても『はぁ、運がよがったんだな』と思う程度だった。むしろお遣いを途中で投げ出したことに罪悪感さえ覚えていた。

ただ療養の日を重ねるにつれて、明らかに妙なことが増えてきた。まずやたらに光がまぶしく感じられた。嗅覚も触覚も鋭くなり、歩くと足の裏に鈍い痛みが感じられた。

更に決定的だったのは『声』だった。昏睡中に聞いたのと同じ『声』が、繰り返し耳元に響いたのだ。

『かつて〈魔王〉を倒せし〈勇者〉の魂よ』

声は言った。

『人々を救え』

『我が言葉と力を伝えるのだ』

もちろん、他の誰にもその声は聞こえない。たまたま廊下ですれ違った侍者を見てもきょとんとしている。アリアドナはパニックに陥った。

さんざん悩んだ末、サーラスに相談した。どうも自分はおかしくなっているようだ、何かたちの悪い病にかかっているのでは、と。

だがサーラスは動揺も露わに聞き終えると、祭具庫から一本の金杖を持ってきた。

『これを持ってみてください』

わけも分からず受け取った途端、その杖は青白い光を放ち出した。夜光虫のような光がぼうっと、生まれては消え、生まれては消えていく。放心するアリアドナにサーラスはうなずいてみせた。

『それは〈聖具〉。かつて魔王を倒した〈勇者〉のために作られたものです。普通の人間が触れても何も起きませんが、〈勇者〉の素質を持つ者が持てば、そのように神聖な光を放ちます』

『てごどは……つまり』

『あなたは〈勇者〉です。いえ、神の言葉を聞いている以上、ただの〈勇者〉ではありません。〈聖勇者〉と呼ぶべき存在でしょう』

何を言われているのか。まったく分からないが、とんでもないことになっているのだけは理解できた。

少なくとも山菜採りに戻ると言い出せる雰囲気ではない。アリアドナはさして信心深くもなかったが、それでも神の指示を無視できるほど不心得者ではなかった。『人々を救え』と言われれば『はぁ、分がりました』としか答えようがない。

だがどうやって？　一体何をすれば？

かくして教会による教育が始まった。〈聖勇者〉に相応しい言葉遣い、立ち振る舞い、着こなしを徹底的に叩きこまれる。服や髪型、表情は常にチェック。言われるまま祭儀に参加して、神の言葉を伝えて、救いを求める人々と接し続けて。

気づけば今のような状態になっていた。


――


「なるほどね」

話を聞き終えてミゲルはうなずいた。口調で察してはいたが、本当にただの村娘だったということか。聖典が読めないのも当然だ。必要最低限しか祭儀で語らなかったのも、ボロを出さないためだろう。たかだか半月では、いかな英才教育にも限界がある。

「いくつか確認したいことがあるんだけどいいかな？」

思考をまとめながら言葉を紡ぐ。指先でズボンの生地をタップする。

「……ええげど」

「君を助けてくれた〝複数の人影〟ってのは結局司祭達だったのかな？　その、大声を上げながら近づいてきたっていう」

「たぶん、そうだど思う。はっきりとは聞いでねぇげど。オラのごど見づげで連れで帰ってくれだっつってだがら」

「そのあとに見た黒い影は？　光の輪を背負って、君に『民を救え』とか言ったのは、同じ人達じゃなかったのかい」

「違う……と思うげど、よぐ分がんね。光の中にぼんやり浮がび上がってだ感じだし、顔どが手どが細げぇどごろ全然見えねがったし」

　ふむ。

「起きてから、やたらに光がまぶしく感じられたって言ったよね。嗅覚も触覚も鋭くなって歩くのが痛いくらいだったって。それはもう収まってるのかい？」

「んだ。一週間ぐれぇで落ち着いだ感じだ」

「でも『声』は聞こえ続けてる」

「んだ」

「聞こえ方は最初と同じかい？　抑揚とか声量とか、あと使われている語彙の種類とか」

「変わらねぇ……で思うげど」

　であれば初期の症状も幻覚ではないということか。なるほど、彼女の〝奇跡〟体験は最初から最後まで一貫している。分からないものは分からないと言い切るし、変に話の説得力を高めようともしていない。つまり彼女自身が詐欺師である可能性は低そうだ。

　ＯＫ、では本題に移ろう。

「ちょっと、これに触ってもらっていいかな？」

　荷物から小ぶりなペンダントを取り出す。アリアドナは不審そうに見つめた。

「なんだが？　それ」

「〈勇者〉認定用の道具だよ。特に危ないものじゃない」

「はぁ」

おっかなびっくり手を伸ばしてくる。指先が触れた瞬間、ぼうっと燐光が散った。

「わ」とアリアドナが身を引く。眉根を寄せて当惑気味な表情になった。

「な、なんで教会の杖ど同じ光」

「〈聖具〉だからさ、こいつも。昔、伝説の〈勇者〉が使った武具をバラバラに砕いて加工したものだ。僕ら認定官が本物の〈勇者〉を見つけ出せるようにね」

「はぁ……」

混乱した様子で首を傾げられる。が、混乱しているのはこちらも同じだった。

正規の試験具で反応した以上、彼女の〈勇者〉資質は本物ということだ。ではやはりなんの変哲もない村娘が、怪我を境に〈勇者〉となった？〈魔王〉を倒す力に目覚めた？

（ううむ）

証拠を目の当たりにした以上、信じざるを得ないが、

「念のため訊くけどさ。トロ村以前に何か特別な力を持っていたとかないんだよね」

「って言うど？」

「魔物の気配を感じたり、傷の治りが人より早かったり」

「ねぇ、そんなの」

「触れた水を葡萄酒《ぶどうしゅ》に変えたり、石に刺さった剣を引き抜いたり」

「あるわげねぇ」

「ふむ」

「なぁ、この話、まだ続ぐが？」

アリアドナの声に少しだが不興が混ざった。眉間に皺《しわ》を刻んで、

「抜け出したオラが言うのもなんだげど、あんまり教会留守にするのはまずいし、早ぐトロ村さ行って帰ってぎでえんだども」

確かに、ここに留まってフェリシダの人間に見つかったら厄介だ。うんとミゲルはうなずいた。

「分かった。じゃあ行こう。ディア、彼女に替えの外套《がいとう》も貸してあげて。万が一誰かに見つかっても〈聖勇者〉様と分からないように」

「あいあい」

「え？」

肩に外套をかけられながら、アリアドナはまばたきした。意表を突かれた様子で見返してくる。

ミゲルは口角をもたげた。

「一緒に行くよ。言っただろう？　僕ら勇者認定官は〈勇者〉を保護するのが仕事なんだ

って」

6

あれだけ思い切ったことをした割には、アリアドナはトロ村までの道をちゃんと把握していなかった。

昏睡中に運ばれたからと言われれば、なるほどとも思えるが、果たして自分達がいなかったらどうするつもりだったのだろう。悪天候の中、飛び出して大怪我をした件といい、あまり後先考えて動いているようには見えない。教会の人々もさぞかし手を焼いていることだろう。

とりあえず、おおよその村の場所を聞いてあたりをつける。ヒラソル地方の地図を見ながら山道を進んでいった。

街道から外れた小道は荒れ果てており、ところどころ山麓に向かって崩れていた。冴え冴えとした月明かりが、陥没孔に影を生みだしている。道幅自体が狭いこともあり、なかなか心臓に悪い。それでも小一時間歩くと他の道が合流して歩きやすくなってきた。勾配も緩やかになり周囲に背の高い木々が増えてくる。

「ところで今更だども、名前、訊いでもええが？」

アリアドナの問いに「ああ」と呻く。そういえば自己紹介がまだだった。先頭を進むディアの背を見ながら答える。

「僕はミゲル、彼女はディア。何度か説明している通り王都の役人だよ。二人で〈勇者〉を探す旅をしている」

「〈勇者〉を、探す」

彼女は言葉を吟味するように舌の上で転がした。しかつめらしく眉根を寄せて、

「なぁミゲルさ、オラ、まだよぐ分がらねんだげど、〈勇者〉でいうのはづまりなんなんだが？　普通の人と何が違うんだが？」

「うーん、まぁ一言で言えば〈魔王〉を倒す力を持つ者ってことだけど」

素人に理解してもらうにはどう伝えればいいか。考えながら言葉を継ぐ。

「まず大前提として、普通の人間は〈魔王〉に太刀打ちできない。単純に大きさや力が違う以前に、まとっている邪気を打ち破れないんだ。どんな武器や魔法でも、触れただけで威力を失い腐り落ちてしまう。百年前の戦いじゃ、一個軍団の突撃さえ呑みこんでしまったらしい」

馬が、歴戦の勇士が、老練な魔術師がなすすべもなく侵されて立ち枯れていったという。恐ろしい光景だったはずだ。生き残った者も大多数が廃人同然になったと聞く。邪気の充満した土地には、しばらく人が立ち入ることもできなかったらしい。

「だけどそんな障壁を突破できる者がいた。体質の問題なのか、魂のありかたなのか分からないけれど、邪気を払いのけて〈魔王〉の本体に触れられる人間がいたんだ。彼らのことを大昔の人々は〈勇者〉と呼んだ」

「……」

「もちろん邪気を払いのけられても、それだけじゃ魔王を倒せない。たとえば僕らはこの山や崖に近づけるけど、突き崩せるかといったら別問題だ。相手の鎧《よろい》を剝ぎ取った上で、更に傷つける手段が必要になる。それが〈聖具〉だ。代表的なのは〈聖剣〉だけどね、〈勇者〉の持つ破邪の力を吸収・増幅して放出する。で、放たれた力は青白い光と化して目に見えるようになる。所謂《いわゆる》『退魔の輝き』ってやつだ」

「んだば教会で渡されだ杖も」

「〈魔王〉を倒すための武器だよ。いや、強化・弱体系の補助装備かもしれないな。そんなに破壊的な力は感じなかったし」

「はぁ」

「つまり〈勇者〉というのは〈魔王〉の邪気を打ち破れる者、且《か》つ〈聖具〉を操れる者というわけだ。副次的な要素で怪我が治りやすかったり、魔法の習得が早かったりするけどね。大きくはその二つ」

ほへぇ。

アリアドナは途方に暮れた様子で天を仰いだ。喉の奥から深い溜息が漏れる。

「全然実感わがね。オラが〈魔王〉ど戦うどが、近所の野良犬相手でも逃げ回ってだのに」

「まぁ〈勇者〉と言ってもいろいろだからね。腕っ節が強いのもいれば、頭のよさで危地を切り抜ける者もいる。そのあたり含めてもう少し君を調べたいんだ。もちろん、トロ村行きの件が落ち着いてからでいいんだけど」

「あまり期待さ応えられるど思わねげどなぁ」

「大丈夫ですよ！」

場違いな喚声が会話を遮る。ディアが目をキラキラさせていた。両手をつかまんばかりに密着して少女を見つめる。

「アリアドナさんはきっとすごい〈勇者〉になります。なんと言っても、と、と、トンデモ〈勇者〉なんですから！」

「トンデモ？」

「あれ、トンチキでしたっけ」

どうやら特種〈勇者〉と言いたいらしい。訂正しようと思ったが、その前にディアが畳みかけた。

「儀式の時、あんなに素敵でしたし。神様の声も聞こえて怪我まで治せるんですから。他のどんな〈勇者〉さんにも負けないですよ！　ディアが保証します！」

「いんやぁ」

アリアドナはバツ悪げに頭を掻《か》いた。眉尻を下げて、

「オラはただ、言われだどおり喋ったり動いだりしてただげで、何起ぎでだのが正直よぐ分がってねんだ。気づいだらみんなの怪我や病気治ってだ感じで。神様の声だって、向ごうが一方的に喋ってだだげで、他の人に何言ってだのがも聞ごえねし」

「そうなのかい？」

てっきり彼女が神に助勢を請うているのかと思っていた。違うのか。本人の意思とは無関係に、しかも一対一でしか託宣が起きないのだとしたら、これはなかなか不便だ。何せ自分と他人に託された言葉の意味が異なるかもしれないのだから、不安にもなるだろう。

だがディアは話の流れを理解しているのかしていないのか、「うんうんうん」とうなずいた。

「よく分からないのにそこまでできちゃうのがアリアドナさんの偉いところですよー。まさに生まれながらの〈勇者〉ですね！」

だから怪我を境に〈勇者〉に目覚めたんだろう、生まれながらじゃない、と突っこみかけたが、アリアドナは満更でもなさそうに「えへへ」と笑った。素の自分を褒められることが少なかったのだろう。「そんなごどねぇよ」と指をもじもじさせる。

「そういうディアさもすごいでねが。オラとそんなに年変わらねぇのに、王都の役人様だ

なんて」

「ディアはミゲル様に拾っていただいたようなものですからー、大したことないですよ。今だって認定官らしい仕事はほとんどできてませんし」

「はぁ、そうなのが？」

「はい！　むしろ何もしていません！」

得意げに言うことではない。間の抜けた応対に、だがアリアドナはかえって緊張が解けたようだった。好奇心も露わに身を乗り出してくる。

「なぁなぁ、ディアさとミゲルさはどんな関係なんだが？　もう夫婦の契り交わしてるんだが？」

ぶっと噴き出しそうになる。咳《せ》きこみながらアリアドナを見返した。

「な、なんでそうなる？」

「だって男の人と女の人が二人ぎりで旅してるなんて、絶対間違いの一づや二づ起ごるべ。ディアさ、めんこいし、ミゲルさも子供みんた見た目ん割には妙に大人っぺぇし。夜も一緒に寝でるんだべ？」

「まぁ」

あえて宿の部屋を分けたりはしていない。ただ、そのあたりの事情に触れるともっとややこしくなりそうだった。

「仕事上の関係だからね、ちゃんと公私は分けてるよ。業務に支障が出るような真似はしていない」

「そうなのが？」

話を向けられたディアが「んー」と首を傾げる。アヒル口を尖らせて、

「確かに、恋人とか夫婦にはなれませんねー。ディアにとってミゲル様は飼い主ですから」

「飼い主⁉」

「あれ？　違いましたっけ。なんでしたっけ、雇用主、監守、奴隷商人――」

「ディア」

慌てて遮る。頭痛を覚えながら、引き気味のアリアドナを見た。

「先輩・後輩だよ。上司・部下ってほど、等級が離れてるわけでもないしね」

彼女は曖昧にうなずきつつ視線を逸らした。虚空を眺めながら「奴隷」「奴隷」とつぶやいている。

（……）

妙な誤解を与えてしまった気がする。心なしか距離を置かれている感じもした。

ただ、いずれにせよ詮索はやんだ。

気を取り直して先に進む。

すでに周囲は林と化して、黒々とした枝葉が夜空を覆っていた。白い月がわずかに現れ

ては葉陰に隠れる。背後にはフェリシダの山が壁のようにそそり立っていた。ここからではもう町の灯りも見えない。気づかぬうちにずいぶん長く歩いてきたようだ。

湧き水の音がどこかから響いてくる。蛙《かえる》が求愛の鳴き声を漏らしていた。静かだ。とても人里が近いようには思えない。

地図を取り出す。

確かにトロ村はこのあたりのはずだが。

「あ」

アリアドナの声が響いた。小走りに進み出て木々の根元にしゃがみこむ。

「これ、道標だ。村さ続ぐ道で」

確かに小さいが石造りの人工物がある。表面に何か描かれていた。おそらく方角と距離を示しているのだろう。矢印と思しきものが道の先を指している。

「あとどのくらいだい？」

「もうすぐだ。そこの坂、下れば」

指さした先の道が崖下に落ちこんでいる。空が若干開けていた。

（……ん）

わずかに覚えた違和感が何か、考えている余裕はなかった。アリアドナが走り出した。息を切らして坂に向かっていく。

「あ、ちょっと待って」

焦燥のままに注意するが、止まってくれない。あっという間に距離が開いていく。舌打ちしてあとに続いた。湿った地面に足を取られながら、崖の縁にたどりつく。

「おー」

ディアの目が見開かれる。窪地《くぼち》の底に人家が並んでいた。大小二十戸ほど、いずれも簡素な造りで煙突のない家も多い。村はずれには放牧地、小川には水車。典型的な僻地《へきち》の農村だ。一見妙なことはなさそうだが――

「ディア、警戒」

「はい？」

「灯りが一つもついていない。このあたりじゃ油は貴重品だけど、全部の家が真っ暗ってのは変だ。何かが起きてる」

「はぁ」

先ほどの違和感の正体もつかめた。人里が近いのに、あれほど空が暗いわけがない。煮炊きの煙が一筋でもあれば大気は澱《よど》むものだ。だが周囲の景色はガラス細工のように冷たく澄みわたっている。人や家畜の気配がまったくない。

そのあたりの不審が伝わったのか、ディアは腰の鞘《さや》から短刀を抜き放った。無言のまま視線を巡らせ始める。

足を速めてアリアドナの背中を追った。転がるように坂道を駆け下りていた彼女は、いつしかスピードを緩めていた。様子がおかしいと気づいたのだろう。きょろきょろと家々を見渡している。

「アリアドナ」

肩越しに振り返ってきた顔は困惑気味だった。

「なんが……変だ」

ミゲルは『分かっている』という風にうなずいてみせた。

「あまり大声を出さない方がいい。たまたま今日は皆、寝入るのが早かったのかもしれない。叔父さん叔母さんの家は？　どれだい」

「あれ」

と指された家は水車の近くだった。納屋つきの少し背高《せいたか》な建物だ。他の家と同様灯りはついていない。

周囲を警戒しながら近づいていく。水車の稼働音が夜闇の奥から響いてきた。水量が少ないせいか、ゆったりとしたペースだ。小川のせせらぎもコポコポとしか聞こえてこない。

アリアドナは戸口に立つと扉をノックした。

「叔父さ、叔母さ、オラだ。アリアドナだ」

返事はない。もう一度、少し強めにノックする。

「叔父さ、叔母さ」

「ちょっといいかい」

横から進み出て扉を押す。かんぬきは――かかっていなかった。軋《きし》み声とともに外の光が差しこむ。埃《ほこり》っぽい臭いが鼻を突いた。目がチクチクと痛みを訴える。嫌な予感が膨れ上がった。人が住んでいる家でこんな臭いはしない。

「入るよ」

形式的な断りだけ口にして中に進む。だだっ広い居間、台所、寝室。人の姿はない。調理用具や食材が無造作に置かれている。テーブルには食器が並んだままだ。衣類の何着かは洗濯待ちのように棚にかけられている。

単純な構造の家だ。何分もたたないうちに全室を捜索し終えてしまう。戸口まで戻ってくると、アリアドナは途方に暮れた顔をした。

「なして？　叔父さ、叔母さはどこさ行ったんだ？」

「……」

「ミゲルさ？」

「叔父さん、叔母さんだけじゃないかもしれないよ」

「え？」

「他の家も見てみよう。たぶん、同じことになっていると思う」

家を出る。三人で手分けして各戸を回ってみた。

予想は当たった。トロ村の住人は一人残らず消え失《き》せ《う》ていた。それもここ数日の話ではない、おそらく消失から数週間は経過しているだろう。でないと、積もった埃の量が説明できない。

「わけ分がらね」

アリアドナの顔は強ばっていた。眉根に深い皺が刻まれている。

「みんな、どこさ消えたんだが」

答える材料はない。ただひどく嫌な感じが膨れ上がっていた。いっそ死体か争った形跡でもあれば、野盗にでも襲われたと思うところだろう。だが、現実は違う。村人全員が一斉に姿を消した。生活の痕跡を残したまま、抗《あらが》う間もなく、ほぼ一瞬で。

異常だ。

だとすれば、そこには尋常ならざる力が働いていたと考えるべきだろう。そしてその力がもう消滅していると判断する理由はない。

「一度村を離れよう」

アリアドナが目を剝く。反発しかけた彼女をミゲルは目で抑えこんだ。

「叔父さん叔母さんの捜索はあとからでもできる。ここはどうにも視界が開けすぎだ。村をこんな風にした何かがうろついていたら、一瞬で見つかってしまう」

「んだども」

「大丈夫、皆、無事だよ。略奪や焼き討ちを受けたら、もっとひどい眺めになってる。たぶん危険を感じて逃げ出したんだ」

根拠はない。だが、ありえるかもしれない予想はアリアドナの足を軽くしたようだった。

崖の上を確認する。人影はない。大丈夫、退路は確保されている。

「行こう」

周囲を警戒しながら走り出す。建物の陰伝いに村の入り口へ、ブーツのつまさきが境界石の脇を踏んだ時だった。

BEEEEEP。

光の線が大地から浮かび上がった。複雑な紋様が次々に現れて広がっていく。条件式だ。侵入者の滞在時間を測定、一定期間を超えた場合、且つ特定住戸に立ち入った場合、警戒処理を実行。後続の召喚プロセスが起動される。

——EJECUCION（実行）。

「くそっ！」

罠《わな》だ。

アリアドナの肩を抱いて後退する。光が湧き上がった。鞭《むち》のようにしなり、蛇のようにのたくりながら、地面を掘り起こしてこね上げる。どんと重々しい足音が大地を揺らした。連結された岩石が軋み声を上げる。

咆哮《ほうこう》。

二階建ての家ほどもありそうな巨人が現れていた。寸詰まりな足と地面まで届きそうな手。顔の部分は大小の岩で組み上げられて、目鼻らしきものは見て取れない。ただ額には『真理』を示す魔術文字が刻まれていた。

「な、なんだべ、あれ！」

アリアドナが肝を潰した様子で巨人を指さす。ミゲルは舌打ち交じりに応じた。

「ゴーレムだよ。与えられた命令通りに動く魔術人形だ。たぶん、魔術師が仕掛けていったんだろう。侵入者を逃がさないためにね」

「は？　え？　魔術師？」

説明している余裕はない。「ディア」と肩越しに呼びかけた。

「あいつの注意を逸らせ。まともにやりあう必要はない。僕らが脱出する時間を稼げればそれでいい、できるかい？」

「もちろんですとも！」

ディアは勢いよく短刀をかざした。

「ディアの役目はミゲル様をお守りすることですから。全身全霊、粉骨砕身の覚悟でご期待に応えてみせます。いざ尋常に、勝負！」

言うが早いか、なんのためらいもなくゴーレムに突っこんでいく。

そして腕の一振りで吹き飛ばされた。

「で、ディアさ⁉」

「いいから！　とにかく走って！」

振り向いている余裕はない。アリアドナの手を引きゴーレムの横を駆け抜ける。崖下に到着、つんのめりそうになりながらつづら折りの坂を上っていった。一拍置いて、背後から地響きが近づいてくる。震動で崖の表面が崩れて降りかかってきた。

「追いづがれる！」

「大丈夫。あの図体《ずうたい》じゃこの道幅は登れない」

取りつかれるとやばいが、道を崩すにはそれなりの時間がかかる。脇目も振らずに駆け上れば、と思った瞬間だった。

正面の岩肌が爆発した。押し寄せる砂と破片でひっくり返りそうになる。必死に踏みとどまろうとして、ちらと村の方が見えた。ゴーレムがしゃがみこんでいる。中腰になって石畳をひっくり返そうとしている。

（投げやがった）

地面を掘り返して、石か岩を投げつけてきたのだ。ぞっとする。想像以上に高度な制御がなされていた。目標の位置を測定、到達可能か否かを判断して、攻撃手段を切り替え。

明らかに凡百のゴーレムではない。

目の前の道は粉塵《ふんじん》で覆われている。進んでいいものかどうか判断がつかない。だが後ろに下がってもジリ貧だ。どうする？　アリアドナだけでも崖の上に押し上げるか。あるいは運を天に任せて前進するか。考えているうちにゴーレムは第二撃の投擲《とうてき》動作に入っていた。軸足を踏んばり、腕を後ろに引く。

っ！

「っらぁ！」

いつの間に駆け上ったのか、ゴーレムの頭にディアが取りついていた。左腕が変な方向に曲がっている。が、彼女は気にした様子もなくゴーレムの顔面に短刀を突き立てた。

「ミゲル様、今のうちに！」

皆まで言う余裕はなかった。ゴーレムが、手に持った石畳を、ディアのいる頭部に叩きつけたのだ。

「ひっ」とアリアドナが悲鳴を漏らす。

だが一緒に凍りついている暇はなかった。眼前の粉塵は収まっている。道は崩れていない。行くなら今だ。

「目を閉じて、息を止めて」

口元を覆って砂煙の中に突っこむ。無我夢中で駆けていき、何度目かの屈折部を抜けると視界が開けた。崖の上だ。

「やった」

逃げ切れた。

激痛が肩を貫いたのはその時だった。天地が逆転。仰向けに吹き飛ばされて目を剝く。痛みもさることながら、自分が飛ばされた方向に混乱した。なんで、どうして後ろに倒れる？　ゴーレムの投擲を食らったのならうつ伏せになるはずだ。逆方向、前からの一撃？　ということは。

「……っ！」

片手で受け身を取って起き上がる。呆然《ぼうぜん》としているアリアドナの腕をつかみ、木陰に飛びこんだ。

瞬間、今いたところを白い光が焼いた。バチバチと空気の焼ける臭いが鼻を突く。

「あー？　避《よ》けられたぁ？　なんだよ、ずいぶん活《い》きがいいじゃねぇか」

軽薄な声がかけられる。木立の奥から現れた姿は異様だった。高々と逆立てられた髪、大振りな耳飾り、派手な色合いの立て襟コート。道化めいた見た目に反して、抱いた感情は戦慄だった。装飾過多な服装、高度な魔術式、そして雷撃魔法《マヒア・トルエノ》。

「〈煤《すす》かぶり〉のロレンソ」

「え？」

「フリーの魔術師だよ。金次第でなんでもやる外道だ。もともとは正規のギルドに所属していたけど、希望の術を継承できないと見るや、導師全員を焼き尽くして、巻物を強奪した。犯行現場の部屋が死体の煤で真っ黒になっていたから、ついたあだ名が〈煤かぶり〉」

「……」

「見た目はあんなだけれど、魔術師としての能力は一級品だ。まいったな、よりにもよってこんな逃げ場のない場所で出くわすなんて」

背後は崖、その下にはゴーレムが待ち受けている。高台の際のこのあたりは木々もまばらだ。物陰を伝い脱出することもできない。何より林の奥に続く道にはロレンソが陣取っていた。

肩口を見る。袖は焼け焦げていたが腕は無事だ。どうやらわずかに的を外してくれたらしい。それであの痛みかと思うと肌が粟立《あわだ》った。

「おーい、時間の無駄だからさぁ、出てきてくれねぇかな。俺っち、山火事とか起こしたくねぇのよ。もう魔法撃たねぇから顔見せてくれねぇかなぁ。ちっと話を聞くだけだからさぁ」

「ど、どうするんだべ」

アリアドナがしがみついてくる。すがるような顔で、

「ああ言ってるげど」

「嘘に決まってるだろう。出てった瞬間、ズドンだよ。尋問されるにしてもそのあとだ」

「ん、んだば」

「隙を突いて突破する。大丈夫、あいつの魔法は射程が短い。一撃避ければ二度目はない」

炎や風と違い雷は減衰が激しい。有効な間合いは、せいぜい十五歩か二十歩程度だ。全速力で駆け抜ければ逃れられる。

「避げられるのが？」

「まぁ、なんとかするさ」

足下を探る。手頃な大きさの石を取り上げる。

「いいかい、合図をしたらあの道の奥に向けて走るんだ。絶対立ち止まらないようにね」

「ん、んだ」

「僕がどうなっても止まらない、いいね」

「分がった」

「おーい、燃やしちまうぞー。あと五秒だからな、よーん、さーん、にー」

左手の木の根を目指して投擲。空気の唸りにロレンソが反応した。バチリと雷撃が走る。網膜に光の軌跡が残った。

「今だ！」

木陰から飛び出す。泥を撥《は》ね飛《と》ばしながら林の奥に向かった。ロレンソが舌打ちして振り向いてくる。腕を引いて詠唱動作、だが遅い。これなら行ける、逃げ切れると思った時だった。

「あ」

外套の裾が舞う。視界の端で小柄なシルエットが手を突いていた。アリアドナだ。木の根に蹴躓《けつまず》いたのか、前のめりに倒れこんでいる。

「アリアドナ！」

「ほい、そこねー」

助け起こしている余裕はない。ぎりっと歯を食いしばって射線に割って入る。刹那、太陽でも落ちたのかというくらい激しい光が視界を焼いた。衝撃と激痛、全身の血液が沸騰したようになる。三半規管が異常を訴えていた。上下左右前後の空間識がことごとく失われている。だがかろうじて地面に叩きつけられたことは分かった。

指先、足、動く。呼吸、心音、正常。アリアドナは……すぐそばにいる。

「おろっ？」

ロレンソの声が上ずる。ミゲルは即座に横転して立ち上がっていた。アリアドナの腕をつかみ地面を蹴る。地を這《は》うようにして林の奥に駆けこんだ。

「おいおい、なんだよそれ。マジか。手加減してねぇぞ」

呆れたような声が飛んでくる。だがそれ以上、追いかけてくる気配はなかった。闇の中、溜息混じりのつぶやきが響いてくる。

「まいったなぁ、ま一た報告かよ。お父様《パドレ》、なんつーかな。ったく、めんどくせぇ」

7

十分ほど走って立ち止まる。

さすがに息が切れていた。心臓がバクバクいっている。両足の筋肉が痙攣《けいれん》気味に震えていた。

ふぅと嘆息して木の幹にもたれかかる。いろいろ情報過多だが今は考えたくない。とにかく回復に専念したかった。一分か、二分か。休んだらすぐ遁走にかかる。ロレンソとの距離は、どれだけ稼いでも稼ぎすぎということはない。

ふっと視線を感じた。顔を上げる。アリアドナが顔面蒼白《そうはく》でこちらを見ていた。唇が凍えたように震えている。ミゲルはつとめて余裕のある笑みを向けた。

「大丈夫かい？　怪我は？」

アリアドナはごくりと唾を飲んだ。

「オラは……ねぇげど」

「そうか、よかった」

「ミゲルさは平気なのが？」

「ん？」

「その……胸んどご」

「ああ」

確かに上着に大穴が開いている。心臓に直撃した感じだ。ぎゅっと破れた生地をつかんで破口を閉じ合わせる。

「思ったほど強い魔法じゃなかったみたいだ。少しヒリヒリするけどね。放っておけば治るだろう」

「ばしだ」

「……え？」

「嘘《ばし》こぐでねぇ！」

のしかかるようにして押し倒された。不意打ちで跳ね返せない。月明かりを背にアリアドナは眉尻を吊り上げた。

「あんなすごい音がして無事なわげねぇ！　ミゲルさ、吹っ飛んでだでねが。見せでみ、オラが手当でするがら」

「いや、本当に大丈夫だから！　うわっ！　ちょっ！」

想像以上に強い力で服をつかまれる。むんずと強引に上着をはだけられた。

「アリアドナ！　やめろ、やめろってば、おおおい！」

肌着がまくり上げられる。素肌に冷気を覚える。瞬間、凍りつくように彼女の腕が止まった。

ああ、もう。

「だからやめろって言ったのに」

溜息交じりにアリアドナを押し返す。彼女は憑《つ》きものが落ちたようにぺたんと腰を落とした。

「……な、なんだべ、それ」

視線の先に無数の刻印がある。胸から腹、脇、襟元、二の腕、ミゲルの上半身を埋め尽くすように複雑な紋様が刻まれていた。火傷のあとはない。だがのたくる印はもっと禍々《まがまが》しいものに見えたようだった。

「ミゲルさ、罪人なのが？」

入れ墨と思われているのだろう。確かに王国の牢《ろう》に入れられた犯罪者は、罪の多寡に応じて印を刻まれる。ミゲルは複雑な笑みを浮かべた。

「違うよ。僕は王国の法を犯したことはない。役人だからね。身辺は綺麗《きれい》なもんだ。これは昔受けたおまじないのあとだよ。お守りの類いと思ってもらえばいい」

「お守り」

「災いを防いだり、厄を払ったり」

「ああ」

アリアドナの顔に理解の色が浮かんだ。

「それで魔法防いだのが？　鎧どが盾どがみだいに、カーンって」

「ん？　ああ」

そういう理解になるのか。少し違うが、否定するのも変に思えてうなずく。アリアドナの緊張が見る間に解けた。肩の力を抜いて、

「んだなぁ、ミゲルさみたいな人が罪人なわげねぇ。すまねがった、失礼なごど言って。オラのごど守ってぐれだのに」

「いや、いいよ。いきなりこんなもの見たら誰でもびっくりする」

罪人なわけない、か。

我知らず苦笑が漏れた。

改めて考えるとどうだろう。確かに王国の法は犯していない。天に恥じるような真似はしていないが。

「……咎《とが》を背負っているという意味では似たようなものか」

「え？」

「なんでもない」

首を振って立ち上がる。襟をつかんで、はだけた上着を整える。

「それより移動しよう。あまり一ヵ所に留まっていたくない」

予定より時間がたっている。身体ももう十分に回復していた。だが移動しかけたミゲルを、アリアドナは慌て気味に引き留めてきた。

「な、なぁ、どこさ行ぐんだ」

「どこって、フェリシダに戻るんだよ」

「ディアさ、どうするんだ。置いでぐのが」

「仕方ないだろう。戻ってゴーレムやロレンソと出くわすわけにもいかないし」

「ん、んだども！」

怒ったような眼差し。

「可哀想《かわいそう》でねが！　オラ達のごど逃がして、亡骸一つ拾ってもらえねぇなんて、あんまりにも薄情だ。化げで出られでもおがしくね」

「ん？」

化けて出る？

「あんな風に石で押し潰されで、女の子《おぼこ》が。気の毒すぎる」

あー。

「えーっと、アリアドナ、彼女なら」

「ただいま戻りましたぁ！」

大音声にびくりとする。どんぐり眼の女の子が敬礼していた。ライムグリーンの髪はぼさぼさで服もあちこち破れている。だが見た限り大きな怪我はないようだった。放心気味に尻餅をつくアリアドナの前で彼女は口角をもたげた。

「探しましたぁ。いやぁ、ここ暗くて分かりづらいですね。灯りくらいつけて待っていればいいのに」

「ディア、静かに。僕らは隠れているんだよ」

「あ、そうなんですか、失礼しました」

悪びれずに謝るのだから肩の力も抜ける。だが傍らのアリアドナは幽霊でも見たように口をぱくぱくさせた。

「でぃ、ディアさ？」

「はい？」

「本物が？　生ぎでるのが」

「はぁ、まぁこの通りで」

「よ――」

「よ？」

「よがったぁ！」

感極まったように抱きつく。ディアが「ひゃっ」とよろけた。だが構わずにアリアドナは顔を擦《こす》りつけた。上着の背中をつかんで乱暴に揺さぶる。

「てっきりゴーレムに殺されだのがで思った！　岩ぶづげられだりして、腕どがもバキバキ折れでだし」

「あー、あれは関節が外れただけです。ねじって入れ直せば元通りですよ。ほら、元気元気」

「わぁっ！　動がしたらだめだ。腫れでるでねぇが！」

「あ？　本当ですねぇー。真っ赤──紫だ、あははは」

頭痛を覚えるやりとりの末にアリアドナが離れる。やや冷静になったのか、目に怪訝《けげん》な光が宿っていた。

「んだども、ディアさも普通の女の子《おばこ》でねぇのが？　あんな化け物とやりあって普通に帰ってぐるなんて。あれが？　ミゲルさみだいにおまじないをしてもらってるのが？」

「おまじない？」

「肌さ、入れ墨みんた模様を入れで」

ディアが弾かれたようにミゲルを見る。その目にわずかな驚きを認めて、ミゲルは首を振った。

「アリアドナ、彼女は違うんだ。護衛として剣や体術をたしなんでるだけで、何か特別な加護を受けてるわけじゃない」

「そうなのが？」

「うん、はい、加護は受けてないですねぇ」

微妙な言い回しに気づかなかったのか、アリアドナは「はぁ」と口を開けた。信じられないような目つきになって、

「だったら生身で突っこんでいったってごどが？　あんな化け物相手に、まったぐためらうごどなぐ」

「ええ、まぁ」

ディアは夕餉《ゆうげ》の献立を答えるように、あっけらかんと言った。

「だって、ディアの仕事はミゲル様の言うことを聞いて、ミゲル様の身をお守りすることですから。死んじゃったらまぁ、その時はその時です」

8

幸いにも、その後は追っ手に見つかることなく林を抜けて山道に戻れた。

黙々と距離を稼ぎ、朝陽《あさひ》が上る前にフェリシダにたどりつく。山上の町は出た時と同じようにしんと静まり返っていた。教会の周りにも人影はない。どこからか虫の鳴き声が響

いてきていた。

通用口の上の窓からは、数時間前と変わらずロープがぶらさがっていた。扉はぴったりと閉じ合わされて騒ぎになった様子もない。とりあえずほっと一息つく。

アリアドナは何か訊きたそうな顔をしていたが、ミゲルは機先を制した。

「君は教会に戻れ。ベッドに入って何ごともなかったように振る舞うんだ」

「んだども」

「トロ村の件は責任を持って調べておく。あの魔術師が何をしてたかもね」

「……」

「ここで君の脱走がバレると、次に抜け出すのが難しくなるよ。僕らから君への接触も大変になる。さぁ行ってくれ。大丈夫、また連絡する。必ず村の人達を探し出してみせるから」

続け様の催促に諦めたのか、アリアドナは肩を落とした。ぺこりと一礼してロープに駆け寄る。するすると上る様は、さすがの田舎育ちだ。信者が見たら腰を抜かすだろう。彼女は窓に滑りこむと最後に一度、手を振ってきた。ロープを回収して雨戸を閉める。それで全ての痕跡が消えた。

「……いいんですか？　普通に帰しちゃって」

ディアがこくりと首を傾げてくる。玻璃《はり》玉のような目から感情は読み取れない。

「〈刻印〉を見られたんですよね」

「うん」

「今からでも口封じしてきますよ」

淡々とした声にひやりとする。だがミゲルはつとめて平静に「いや、いい」と答えた。

「何ごともなかったように振る舞え、とは伝えてある。僕らのことだけ取り上げて喋るとは考えづらいよ。〈刻印〉を見た、じゃあいつ、どこでって話になるからね」

「……」

「彼女は村人の行方を気にしている。唯一の協力者である僕らを、裏切るような真似はしないさ。それよりロレンソのことだ」

「あの、ゴーレムを操ってた魔術師ですか？」

「うん」

ディアと別れている間に何があったのか、どんなことを見聞きしたのか、改めて説明する。ロレンソの待ち伏せ、ミゲル達への対応、そして口にした台詞。

「彼の任務は考えるまでもない。村を訪れる者、嗅ぎ回る者を捕まえろだ。つかまえたあとの指示が何かまでは分からないけどね。多少手荒なことをしてもいいとは言われていたはずだ。実際、ゴーレムは君を殺すつもりで攻撃してたしね。生死を問わず《ヴィヴォ・オ・ムエルト》って指示されてたんじゃないかな。というわけで残る疑問は二つ」

ミゲルは指を二本立てた。

「なぜ村に入る者を捕まえるのか、そしてロレンソを雇ったのは誰か」

「はぁ」

ディアは唇を歪めた末に、第一の疑問から回答してきた。

「村に見られたくないものがあるからですかね」

「なんだと思う？」

「お宝……とか」

「その可能性は限りなく低いね」

あの小集落に傭兵《ようへい》を雇ってまで奪う財宝があるとは思えない。仮にあっても速攻で持ち去ればいいだけだ。わざわざ警戒用のゴーレムを配備する理由がない。

「だとすると……うん、分からないですね」

「考えてないな君、まぁいいや。見られたくないものはね。たぶんアリアドナの痕跡だよ」

「はい？」

コンセキぃ？　とどんぐり眼がまたたく。

「どういうことですか」

「フェリシダの人達から見て、今のアリアドナがどういう存在か考えてみるといい。清楚《せいそ》で神秘的で一種近寄りがたい存在だろう。もちろん彼女の名を広めたのは治癒の奇跡だけど、そのミステリアスさも価値の向上に一役買っている。神の啓示を受けた謎の少女、伝説の勇者の生まれ変わりか⁉　ってね。片やトロ村での彼女はどうだったか」

混乱気味なディアを見つめる。

「文字も読めない、振舞いも粗野、〈勇者〉なんて単語とは縁遠い。そう、ただの田舎娘だ。たぶん道端で会ったら風景として見逃してしまうだろう。ましてやお布施を払うなんて考えられない――」

「ひょっとして」

ディアが声を上げる。やや口ごもりながら、

「アリアドナさんのその……価値？　を保つためにトロ村の人達が消されたって言ってます？」

「まぁね」

「町の人全員でロレンソを雇って？」

「全員の必要はないだろう」

ミゲルは夜闇に沈む町並みを見つめた。

「確かにここは死にかけの元鉱山だ。みんなで一念発起して町おこしを仕掛けた線もなくはない。ただ、関わる人間が増えれば秘密も漏れやすくなる。足並みも揃《そろ》いにくくなるしね。だったら最小限のメンバーで計画を進めた方がいい」

「最小限のメンバー」

「同一の価値観とルールで動く集団、階層構造がはっきりとした組織。つまりは――」

ミゲルは背後の建物を振り返った。

「教会だよ」

一秒、二秒、三秒。琥珀色の目がぱちくりとする。

「えええ？」

頓狂《とんきょう》な声が上がった。ディアは呆れ気味に手を振ってきた。

「いやぁミゲル様、それはないいんじゃないですかねー、ないですよ、絶対」

「どうしてだい？」

「だって教会ですよ。困ってる人を助けたり、導いたりするところでしょう。なんで人殺しの魔術師を雇って村の人を消すんですか。ありえないですよ」

思わずふっと笑ってしまった。我知らず口角が歪む。

「君がどう認識しているかはともかく、教会の歴史は結構血なまぐさいよ。敵対者は容赦なく潰すし、権力闘争も激しい。殺し屋の一人や二人雇っていたって、なんの不思議もないよ。知ってるかい？　歴代教皇の死因ナンバーワンは原因不明死、次点は事故死らしいよ」

「……」

「まぁ、歴史の話はさておき、僕も印象論だけで語ってるわけじゃない。フェリシダ教会が黒幕だと思う理由は別にある」

「？　なんですか？」

「ロレンソの言った台詞さ。さっき、説明しただろう？　去り際に『また報告か』とぼやいてたって」

「えーっと」

ディアは寄り目がちになった。唇をへの字に折り曲げる。

「なんでしたっけ、お父様《パドレ》になんて言われるか……でしたっけ」

「うん」

ミゲルは人の悪い笑みを浮かべた。

「殺し屋の魔術師が父親《パパ》を恐がるとか、なかなか微笑ましいけどね。PADRE《パドレ》には別の意味もあるんだ。時代によって使われたり使われなかったりだし、現在だと長老《アンシアノ》って呼称が一般的だけどね。とある人々はパドレにこういう意味を込めて呼ぶんだ。——神父、司祭様ってね」

第三章

Yushaninteikan to
Doreishoujo no
Kimyouna Jikenbo.

1

翌日、日が昇るのを待って宿から出た。

ディアは頑《かたく》なについてきたがったが、頼みこんで別行動としてもらった。今はとにかく時間が惜しい。ロレンソの報告先が予想通りフェリシダ教会ならば、警戒される前に調査を進めておきたい。一人でできる確認は可能な限り並行してやってしまう、ディアにはディアの仕事をこなしてほしかった。

狭い町だ。人足相手に情報収集して、開いている酒場を巡ると、すぐに目当ての人物は見つかった。

カウンターに大男が腰かけている。広い背中を猫背に丸めて、うつむいていた。

澱《よど》んだ空気が満ちている。客の姿は少ない。初老の店主が倦《う》んだ眼差《まなざ》しを向けてきた。

ミゲルは無言のままカウンターに赴き、大男の隣に腰かけた。太い二の腕に圧迫されつつ銅貨を差し出す。

「彼が今飲んでいるものを二つ、僕と彼の分」

大男は怪訝《けげん》そうに顔を上げて、眉を寄せた。

「おい、てめぇ」

「そう邪険にするなよ。酒を飲みに来たらたまたま知った顔が見えただけだ」

ミゲルは運ばれてきたエールを大男――ガスパルの前に滑らせた。

「初めての店で勝手が分からないんだ。つきあってくれよ」

ガスパルは当惑気味に口を歪《ゆが》めたが、降って湧いた幸運を逃す気はないのだろう、カップをつかみ、あおるように中身を飲みこむ。アルコールのうまさには抗《あらが》えないのか、酒臭い息を漏らした。

「……礼は言わねぇからな」

「もちろんだよ。僕が勝手に奢《おご》った酒だからね。見返りは求めないさ。ちなみに食い物は何がいける？　よかったら一緒に食べないか」

ガスパルは躊躇《ちゅうちょ》しつつも「仕方ねぇな」とぼやいた。カウンター上のメニューを見上げて店主を呼ぶ。

調子に乗ってものすごいものを頼まれるのではと危惧したが、ガスパルのオーダーは意外と控え目だった。エールもちびちびと大事に味わっている。してみると司祭の言う通り、根は善人なのかもしれない。

「役人さんが昼間から酒かっくらっていいのかよ」

料理が運ばれてきたタイミングでガスパルがつぶやいた。カップが空なのを見て取り二杯目を頼んでやる。

「私用で来たって言っただろう。いくら公僕だからって、非番の時まで品行方正を強いられる理由はないよ。こう暑くちゃ酒でも飲まなきゃやっていられない。違うかい?」

「まぁ、な」

運ばれてきたエールを抱えこんでガスパルは鼻の頭をひくつかせた。

「ガキみてぇな面して、なかなか物の分かったことを言うじゃねぇか」

ミゲルは肩をすくめた。

「そういう君は何をしているんだい。司祭様はお役目に戻れ的なことを言ってたけど」

「あんなものはただの雑用だ」

面白くもなさそうに手を振る。

「朝と晩に教会からゴミを運び出してるだけだ。使えるものは職人どもにさばいて、どうしようもないものは町外れのゴミ捨て場に持っていく。あわせて一刻もかからねぇよ。やることがねぇから、昼間はこうして酒場でくだを巻いてるわけだ」

「物足りない感じだね」

「あたりめぇだろ。鉱山が元気な時は、朝から晩まで一日中働いてたんだ。仕事はきついが、その分実入りもよかった。いつかは一財産稼いで自分の組合を持とうと思ってたんだ。それが今じゃどうだ。何日働こうと、この生活から抜け出せる気がしねぇ」

「……」

「あんたはいいよな。その若さで王都の役人になれて、どこにでも行けて」

嫉妬と羨望の入り交じった視線に「いやいや」とマグカップを揺らす。

「役人と言ってもピンキリだよ。上の人間は確かにきらびやかだけど、僕らみたいな下っ端は薄給で国中走り回らされているのが現実だ。誰かにいいように使われているのは、君と大して変わりない」

「……」

「どこにでも行けるってのは国が認めたところならどこにでもってことだ。逆に言えば、プライベートで行けるところは限られる。別に禁じられてるわけじゃないけどね、経済的・時間的な制約は確かに存在する。今回はたまたまアンティロペで仕事があったからフェリシダに立ち寄れたけど、私用となればなったで、今度は誰にも尊重されなくなる。〈聖勇者〉様との面談もままならないし観光ガイドもつかない、挙げ句に君らみたいな一市民から因縁をつけられたりする」

「……悪かったよ」

ガスパルはバツ悪げに視線を逸《そ》らした。汚れた爪が鼻の頭を掻《か》く。

「俺にしてみれば役人ってのは、いきなりやってきて、偉そうに命令してくる連中だったからよ」

「まぁ、お互い被害者ってわけだ。理不尽な社会の、その中でもうまくやっている連中のね」

杯を差し出す。ガスパルは一瞬虚を突かれた様子になったが、おずおずと乾杯に応じてきた。コンと乾いた音が響く。

「神の恩寵《おんちょう》に」

「あんたの気前のよさに」

二杯、三杯と杯を交わしていくうちに、ガスパルの険はどんどんと取れていった。もとより裏表のない性格なのだろう。とろんとした目つきで愚痴り始める。

「……っつーかよ、あの司祭、何様のつもりなんだ。偉そうに上から目線で仕切りやがって、奇跡を起こしてるのは〈聖勇者〉様だろ。おまえじゃねーっつーの」

初めよりずいぶん速いペースで酒をあおる。

「古株の聖職者もどんどん追い出してよ。よその教会の連中連れてきてやりたい放題よ。勝手に祭儀の中身も変えてるらしいし」

「ふぅん？」

ミゲルは目をすがめた。

「サーラス司祭はよそものなのかい」

「ああ。一年くらい前に赴任してきたんだ。最初からいけすかない感じだったけど、半年くらい前か？　ぐいぐい前に出だしてよ。町の顔役とか味方につけて、気づいたらこんな有り様《あ　さま》よ」

「でも〈聖勇者〉様を見つけたのは彼なんだろう？　だったら少しくらい偉ぶっても仕方ないいんじゃないか？」

「今の〈聖勇者〉様を一発で見つけたのなら確かにな」

ん？

不可解な台詞に首を傾《かし》げる。ガスパルは酒焼けした笑顔を寄せてきた。

「アリアドナ様はよ、二人目なんだ。最初に司祭が連れてきたのは別の娘でよ。町の連中にもそいつこそ〈聖勇者〉だと触れ回っていたんだ。ところがこいつが呆気《あっけ》なくくたばっちまった」

「死んだってことかい」

「ああ。奇跡らしい奇跡を起こす前にな、当の本人が神の恩寵から見放されちまった。だからサーラスの見立てなんて大したことねぇんだよ。たまたま二人目でうまくいっただけで、巡り合わせが悪ければ、今でもまだ〈聖勇者〉を探し続けてたんじゃねぇか」

「……」

ガスパルはサーラスの無能をあげつらいたいだけだったのかもしれない。だがミゲルは別のことが気になった。

「前の〈聖勇者〉様は、どういう風に死んだのかな」

「どうって……別に変な死に方はしてねぇよ。病気で亡くなっただけだ」

「どんな病気だい」

「知らねぇよ。熱が出て咳《せき》が止まらなくなって、息が苦しいとか言い出して、風邪でもこじらせたんじゃねぇか」

発熱と咳、それに呼吸困難。

「他に症状は？」

「そういや顔色がおかしいとか言ってたな、妙に黄色っぽいというか、土気色って感じで。あと身体《からだ》の節々が痛むとも」

ふむ。

ガスパルがやや不安そうにのぞきこんできた。

「なぁ、なんかまずい話なのか、これ」

「いや、そうじゃない。まだ若かっただろうに、気の毒にと思ってるだけさ」

「はぁ」

それより、と懐を探り銅貨を取り出してみせる。

「ガスパル、君、酒代を稼ぐ気はないか」

「なんだよ、やばい話はごめんだぜ」

「そんなんじゃない。実は〈聖勇者〉様との面会はもう諦めようと思ってるんだ。さすがに時間がかかりすぎるからね。ただ、このまま帰るんじゃあまりにも味気ない。だから記念品でも手に入れられないかと思って」

「記念品？」

「〈聖勇者〉様が儀式で使った品とか、身につけていたものとかさ。何、別に盗みをお願いしているわけじゃない。壊れて捨てるものがあったらもらえないかって話だ。どうせ職人に売りさばくんだろう？」

「売り上げは教会に渡すことになってる」

「だから多目に払うよ。差分は君のポケットに入れればいい」

ガスパルの目にやや小ずるそうな光が宿った。共犯者を見るような笑みになって、

「まぁいいだろう。ただ俺は儀式の品なんて分からねぇぞ。ゴミ捨て場に置かれた物を運び出すだけだからな」

「じゃあ今から言うものを探してくれよ。もしすでに見たことがあれば、職人達《たち》に譲ってもらう感じで」

「お、おう」

「いいかい。漏斗《ろうと》、油の缶、ガラスの管、小皿、すり鉢にすりこぎ、あと香料の類い」

「……そんなものが儀式の品なのか？」

「たぶんね、教会の秘儀はどれも似たようなものだから」

さらりとかわして視線を向ける。

「で？　どうだい、見覚えは」

ガスパルは「ううん」と唸《うな》った。

「ねぇな、いや待てよ。それっぽいものを侍者連中が運んでいるのは見たな。変なものを扱っていると思っていたんだ。あれはどこだっけ……えーっと」

ああ、と呻《うめ》き声を上げる。

「そうだ、地下の倉庫だ。坑道跡を物置に使ってるんだよ。祭具や儀式用の酒も保管されている」

「へぇ」

ミゲルは目を細めた。

「だけどそこにあるものはまだ使ってるだろう。持ち出すことはできないよね」

言いながら銅貨を更に差し出す。ガスパルはふんと鼻を鳴らした。大きな手で銅貨をつかみ取りながら、

「何、片づけ中に壊しちまったらそりゃもうゴミだろう。ゴミ処理は俺の仕事だからな。誰かにとやかく言われる筋合いはねぇよ」

2

宿に戻り報告書をしたためていると、一時間ほど遅れてディアが帰ってきた。顎を出してひどく疲れた様子になっている。彼女は夢遊病者のようにベッドまで歩いていき、顔からうつ伏せに倒れた。

「お疲れ、首尾は？」

ハーブ茶を飲みながら訊《たず》ねる。ディアは「あーうー」と片手を振ってきた。手の中に布袋がある。

「こーいう仕事苦手ですー。こそこそ人目を避けて、ものを盗んでくるとか」

「それでもちゃんと取ってきたんだ。偉い、偉い」

席を立ち、頭をポンポンと叩《たた》いてやってから布袋を受け取る。袋の口を開けると中から白いものがのぞいた。

「なんなんですか、それ？　ミゲル様の言う通り、教会の、パイプオルガンの管に挟まってましたけど」

出てきたのは石片だった。薄く削られてコースター状になっている。縁が擦《こす》れて金属か何かが付着していた。たぶん、溝に固定されてパイプの口を塞いでいたのだろう。

音を出す管の口を塞ぐ？

わざわざ石を取りつけて？

一見、意味不明な細工に思えるが、

「確認だけどディア、君は教会入り口の上にある演奏台に入ったんだね」

「はい」

「何本かのパイプはオルガンに繋《つな》がらず、宙に浮いていた」

「ですね」

「で、そういうパイプの口にこの石が挟まっていたわけだ」

「はい、ディア、何か間違いました？」

「いや、合ってるよ。一つくらい抜けてると思ったからびっくりしてるんだ」

微妙な顔のディアをよそに、ミゲルは席に戻った。準備していた仕掛けを取りだす。針金と磁石に木製のハンドルを組み合わせた簡素なものだ。

針金の端を石片に繋ぐ。工具で固定して顔の前にかざした。

「ディア、ちょっと立って移動してもらえないか。後ろに三歩、ああ、下がりすぎだ。もうちょい前、で、左」

「は、はい？」

ハンドルを回す。キィキィと軋《きし》み音が響いた。

「よし行くよ。口をつぐんで、動かない、せーの」

石を口元に持っていく。小さく息を吸って、ディアを見据えて、

――


「ぎゃっ⁉」

ディアが飛び上がった。耳元を押さえて振り返る。なんの変哲もない壁を凝視していた。

「な、な、なんですか、今の」

「何か聞こえたかい」

「は、はい。神様の声が、すぐ後ろから、耳元で『悔い改めよ』って」

「うん、それ僕だ」

「ですよね、わけが分からないですよね。ディアちょっとおかしくなっちゃったのかも……って、え？」

ミゲルは再び石を口元に当てた。

「だから僕だって、ほら『悔い改めよー』」

ディアが壁を振り返る。何もないことを見て取り、混乱した様子になった。

「どういうことですか？」

「種も仕掛けもあったってことだよ。神の奇跡にはね」

石片を目の位置に掲げてみせる。

「これは〈雪石〉っていう。南方大陸の火山で取れる鉱物でね。バローハ邸で見たのを覚えていないかな？　色味が綺麗《きれい》なのと吸音効果があるので、壁材に使われたりするんだけど、ちょっとね、変わった性質を持っているんだ」

陽光が石の表面に鈍く煌《きら》めいた。

「嵐の日、落雷を浴びると、山肌に当たる風の音をえらく遠くまで運ぶんだ。海の向こうとか山の反対側とかね、しかもある村では聞こえるのに、隣の村では聞こえなかったりする。『なんて奇妙な現象なんだ！　自然の業ではない！』というわけで、ついた名前が『魔女の咆哮《ほうこう》』」

「咆哮……」

「もちろん、はげ山の火山に魔女なんかいないよ。この石はね、雷の力……王立アカデミアじゃ雷素、電気なんて呼んでるけど、それを浴びると派手に振動し始めるんだ。で、周囲の音を増幅して放出する。音というのは空気の波だけど、それが高まると強い直進性を持つようになる。結果的により遠く、より狭い範囲に届くわけだ」

「よく分かりません」

「この石と雷の力を使えば、響かせたいところにだけ声を響かせられるってことだよ」

まだぽかんとしている。本当に察しが悪い。ミゲルは嘆息して手元の仕掛けを持ち上げた。

「針金の近くで磁石を回すとね、弱いけれど雷の力が生まれるんだ。で、パイプの入り口にその仕掛けと〈雪石〉を設《しつら》える。そこで誰かが声を出すとどうなる？」

「はぁ、声がまっすぐ、遠くまで届くようになるわけですね」

「直進性の高い音は、石壁や岩の天井など、固い物に当たると跳ね返る。で、あらぬ方向から人の耳に届くわけだ。これを計算ずくで、壁の角度やパイプの向きまで制御してやると、どうなるかな？」

「あ！」

ようやく気づいたらしい。ディアは目を丸くした。

「神様の声になるわけですか」

「そう、僕がさっきやったみたいにね」

ミゲルは口角を歪めた。

「この手のトリックは錬金術師がよく使うんだけどね。同じことをやる集団に、僕は覚えがある。しかもその集団は救い主のことを聖乙女、司祭のことを神父《パドレ》と呼んだりするんだ。ひょっとしたらと思ってたけど、これでほぼ確定だ。フェリシダ教会は異端――プエルタ派だ」

聖人の魂は流転する。受肉して次の世に受け継がれる。そんな教義を持つ集団だ。

教会の教えは『魂は天に召される』だからずいぶんと違う。だが聖典の解釈が違うだけなら、せいぜい論争の激化程度ですんだだろう。プエルタ派の問題は、そうして魂を引き継いだのが教祖、及びその親族という主張だった。

つまり彼らは現世に現れた聖人として、神の全権代理人を気取ったのだ。相容《あいい》れるわけがない。

弾圧に次ぐ弾圧、抵抗に次ぐ抵抗。血で血を洗う抗争の末にプエルタ派は壊滅した。そして教祖の男性と聖乙女を名乗る長女は、異端審問所に引き出されて処刑された。彼らの名は、存在は、王国の歴史から綺麗さっぱり抹消されたはずだった。

が、一度、現人神《あらひとがみ》に魅せられた教徒達が黙っているわけがない。息を潜めて、結束を固めて、再起を図っているというのが通説だった。

「伝説の〈勇者〉の生まれ変わりを用意したのも、彼らの教義を考えれば説明がつくよ。顔も知らない聖人と違って、伝説の〈勇者〉は誰でも知っているからね。奇跡を演出して信者を増やして、そのまま彼らの教え――魂の流転に誘導するつもりだったんじゃないかな」

「アリアドナさんは利用されているんですか？」

ディアの目がまっすぐに見つめてきた。

「その、なんとか派の言うことをもっともらしくするために、住んでた村まで目茶苦茶にされたんですか」

「だね」

小作りな顔からは感情が読み取れない。ただ、口元からいつもの笑みが消えている。彼女は「気の毒ですね」と視線を落とした。

「〈勇者〉の力になんか目覚めなければ、巻きこまれることもなかったでしょうに」

「目覚める、目覚めるか」

ミゲルは神の声の仕掛けをテーブルに置いた。石片の表面を指でタップする。

「ディア、馬車で移動している時に言っただろう。今の学説だと〈勇者〉は生まれながらにして〈勇者〉、ただの人間はどれだけ鍛えようとただの人間だって」

「はい……」

「通説と違うことが起こって、そこには異端のペテン師集団が絡んでる。どうして本当だと信じられる？」

「違うんですか？」

誘われるように視線を上げる。彼女は眉間に皺《しわ》を寄せた。

「だってアリアドナさんは認定用の〈聖具〉も反応させたじゃないですか。それに奇跡で巡礼の人達も治してましたし。……あれも何か仕掛けがあるんですか？」

「うん」

ミゲルはうなずきつつ窓の外を見た。降り注ぐ陽光に目を細める。

「ただ、まだ確証が持てていない。だから今、協力者に頼んで証拠を集めてもらっている。せいぜい今のうちに十分休んでおくんだね。ディア、尻尾をつかんだら忙しくなるよ」

3

ガスパルとの情報交換は一日一回、例の酒場でと決めた。

払った金額に比例してガスパルの口はどんどん滑らかになっていった。教会の内情、出来事、人間関係をつぶさに報告してくる。訊《き》かれていないことまで喋《しゃべ》るので、たまに脱線をたしなめる必要もあった。

意外にも彼は祭儀で使われる典礼言語を読むことができた。どうやら父親が教会出入りの業者だったらしい。簡単な文書や帳簿の見方、契約書の作法まで身につけていた。もちろんサーラス達はそんな彼の教養を知るよしもなく、無造作に書類や伝票を置きっぱなしにしていた。おかげでミゲルはかなりこと細かにフェリシダ教会の取引先を知ることができた。今後、金や人の動きを押さえるのに重要な情報となるだろう。

ただ肝心の証拠物はというと、これがなかなか手に入らなかった。さすがにペテンの道具を放置していないらしい。廃棄も別の人間にやらせているようだった。

ガスパルは『忍びこんで盗み出せば』と主張したが言葉を尽くして止《や》めさせた。悪いが痕跡も残さずに犯罪ができるタイプには見えない。身柄を押さえられて、芋づる式にこちらの存在が浮かんだら目も当てられなかった。とにかく慎重を期して、何かあれば相談し

て と言っているうちに日が過ぎていった。

変化があったのはフェリシダ滞在、一週間目のことだった。

いつものように酒場を訪れたガスパルは満面の笑みを浮かべていた。

「やっと飲み代の礼ができそうだぜ。今晩、空いてるか？」

「何があったんだい」

とりあえず話の続きを促す。ガスパルは横のカウンター席にどしんと腰を下ろした。

「州の教会の偉いさんを集める会議があるみたいでな。フェリシダ教会の面々もアンティロペまで出かけるんだと。侍者連中もついてくようだから家捜しにはもってこいだ。多少手間取っても、さすがにアンティロペからは駆けつけられないだろ」

「全員がいなくなるのかい？」

「ってわけじゃねぇけど、留守番は最低限らしいぜ。使用人も俺みたいなゴミ捨て係以外は暇を出されてるし」

「ふぅん」

「なんだよ、喜ばねぇのか」

反応の悪さが意外だったのか、ガスパルの顔が歪む。「いやね」とミゲルは前髪をいじった。

「苦労して手に入れたいものがある時、向こうからさぁどうぞって来られると、どうにも疑ってしまうんだ。何かの罠《わな》じゃないかってね」

「はぁ？　司祭どもが俺を嵌《は》めるために、わざわざアンティロペまで行くって言うのかよ」

別に本当にアンティロペを目指す必要はない。そういう噂《うわさ》を流して、誰が動くか見極めればいいだけだ。

ただガスパルは、自分の行動をただの『記念品確保』だと思っている。そのために教会全体が罠を張るのは明らかに妙だろう。では異端の件を明かす？　相手は想像以上に危険な集団だから注意しろと。……いや、だめだ。そこまで彼の口の硬さを信用できない。

「確かに、心配しすぎだね」

表向き相づちを打ちつつ考える。果たして、ロレンソの報告はフェリシダ教会に届いたのだろうか。サーラスはその件をどうとらえたのだろう。見たところ彼らの行動は変わっていないが、泳がせられているのか、あるいは本当に気にされていないのか、判断がつかない。

「ただ、今晩はやめよう」

「あ?」

ガスパルが目を剝《む》いた。

「なんでだよ、あんた今、自分で心配しすぎって言ったじゃないか」

「うん、でも実は連れの体調がかんばしくないんだ。今は宿の人に様子を見てもらってるけど、夜はさすがに、僕がついていてやらないと」

「あの、能天気そうな嬢ちゃんか？　風邪でも引いたのか」

「どうかな、慣れない土地で水が合わなかったのかもしれない」

「そうか」

さすがに食い下がれないのか、ガスパルは押し黙る。だが目にはまだ不満そうな光が残っていた。

「もう次の機会はないかもしれねぇぞ」

「大丈夫だよ。州の教会関係者を集めるなら、たぶん教区会議だ。あれは一週間以上続く。僕らの用意が整うのを待っても十分間に合うさ」

「……そうなのか？」

「そうだよ、だからまた明日相談しよう」
二、三日様子を見てからでも遅くはない。万全には万全を期そう。そろそろ本部への応援要請も出しておきたかった。仮に踏みこむとなったら証拠はもちろん、相応の人手が必要になる。
ミゲルはつとめて朗らかな笑みを浮かべた。

「心配するなよ。日延べした分、手当は弾む。酒代は引き続き僕持ちだ」

「……そういうことを気にしてるんじゃねぇよ」

ガスパルの顔にわずかな後ろめたさが過《よぎ》った。病人を置いて金や自分の都合を優先しているると気づいたのだろう。しかつめ顔で温《ぬる》くなったエールを見つめる。

「なぁ、〈聖勇者〉様に頼んでみようか？」

「ん？」

「連れの嬢ちゃんを見てやってくれって。司祭どもがいないなら巡礼の相手もねぇだろうし」

「面識があるのかい？」

驚いて訊ねるとガスパルは首を振った。

「ねぇけどよ。身の回りの世話をしてる奴《やつ》らは何人か知っているから」

「ああ」

「素直に事情を話して、顔を繫いでもらえば」

「……」

底抜けの善意というのはたまに相手を弱らせる。この場合、余計なことをされて困るのは他でもないミゲル達だった。

「大丈夫だよ。少し食が細くなってるだけなんだ。寝てれば治る」

「そうか？」

「うん、だから気にしないでくれ。あまり大騒ぎされると彼女も気恥ずかしいだろう」

遠慮に遠慮を重ねると、ようやくガスパルはうなずいてくれた。「分かったよ」と身を引く。

「じゃあ仕事が終わったら見舞いにでも行ってやるよ」

だから、そういうお節介が不要だと言ってるんだけどな。

ミゲルは曖昧に微笑《ほほえ》みながら、次の断り文句を探した。


念のため教会に赴き、ガスパルの話の裏を取ってから宿に戻った。

気づけば日が落ちかけていた。夕闇に沈む道は軒先の灯《あか》りにぼんやりと照らされ、開いた二階の窓から夕餉《ゆうげ》の声が降り注いでいた。

滞在期間が長引いたせいで、宿の人間にもだいぶ顔が知られている。店番の少年が「あ、おかえりなさい」と頭を下げてきた。

ミゲルは懐を探って銅貨を取り出した。指で弾いて少年に渡す。

「連れの体調が思わしくなくてね。今日は食事を部屋まで持ってきてくれないか」

「はい、何をお持ちしましょう」

「簡単に食べられて消化によさそうなものを。お勧めはあるかい？」

「でしたらマンサナ亭の豆スープがいいと思います。具だくさんな割に味つけも薄めですし」

「じゃあ、それで頼むよ。あとこのお願いは今朝したことにしてもらえるかな。おつりは取っておいてもらっていい」

少年は一瞬まばたきしたが、やがて意を汲《く》んだようににやりとした。

「お連れさんは朝から調子が悪かったんですね」

「ああ、気の毒にもね」

合わせられる口裏は合わせた方がいい。こういう用心の積み重ねが、いざという時に身を救うのだ。

片手を振って客室に向かう。

扉を開けると、ディアがぴょこんとベッドから立ち上がってきた。

「おかえりなさい、ミゲル様！　お待ちしてました！　さぁ今日はどこに食べに行きましょう？」

「悪いけど今日は部屋で食べるよ。いろいろあってね、君は病人ってことになってる」

「え？　ディアは病気じゃありませんよ？」

どうだろう、この察しの悪さ。店番の少年の方が旅の仲間に向いているかもしれない。

「教会で動きがあってね。彼らの意図を見極めるまでは息を潜めていたいんだ。で、その理由として君を使わせてもらった」

「はぁ」

「まぁ深く考えなくていいよ。それより何をしてたんだい？　灯《つ》りも点けずに」

日よけのシェードが下ろされて、ただでさえ乏しい陽光を遮っている。わだかまる影が白いベッドシーツをくすませていた。

ディアはきょとんとした様子になり、それから笑った。

「特に何も。ミゲル様から指示がなかったので」

あ。

（しまった）

室内を見渡す。食器、椅子、荷物、その他全ての物が朝に出た時と位置を変えていない。シェードも朝陽《あさひ》を防ぐ目的で下ろしたままだ。何が起きたか、いや起きていないかは明白だ。ディアは十時間以上、この部屋で静止していた。次の指示がもたらされるまで、ベッドに腰かけて。

「ごめん、うっかりしてた」

部屋にいてほしいならほしいで、『留守番を頼む』と言うべきだった。そうすれば彼女は指示の枠内である程度、行動しただろう。だが『すぐ戻る』や『行ってきます』ではダメだ。許可がない限り、彼女は一歩たりとも動けない。動こうとしない。『ミゲル様の言うことを聞く』とは、つまりそういうことだ。

畜生、と胸の中で毒づく。この粗忽《そこつ》者め、一体何度目の失敗だ？　いくら調査で頭がいっぽいだったとはいえ、彼女を扱う者としての自覚が足りなさすぎる。

悄然《しょうぜん》としているとディアは不思議そうに首をひねった。

「なんで謝るんですか?」

「いや、身動き取れなくて大変だっただろうと思って」

「そうでもないですよ。頭空っぽにしていると、いろいろ昔のことが浮かんできたりして」

「昔のこと」

「ミゲル様と出会った時のこととか」

心臓が跳ねる。だが同時に興味深くもあった。共通の思い出を彼女はどうとらえているのか。

「懐かしいね、あの時はいろいろ大変だった」

「大変でしたか? ディアはあまりその前のことを覚えてなくて」

「思い出さなくていいよ。終わったことだし、どうせ正確なところは誰も覚えちゃいない」

「はぁ」

「忘れてるなら幸いだ。あえて考えないことをお勧めするよ。僕も君も、あの頃とはずいぶん違う立場になったんだから」

ディアはこくりとうなずきつつ、少しして上目遣いに見上げてきた。

「でもですね ー、ディアにとっては大事な思い出なんですよ。ミゲル様と会った時、ディアは『ああ、運命の人だ』と思ったんです。ディアはこの人と離れられない関係になるんだなーって」

「……」

「ミゲル様は違いましたか？」

どういう顔をしていいか分からず、固まってしまった。たぶん、ひどく歪んだ表情になっていたのだろう。溜息《ためいき》を一回、「そうだね」と視線を逸らした時だった。

ノックの音が響いた。

救われたと思う自分が少し嫌だった。本心を覆い隠したところで現状は何一つ変わらないのに。それでも呼び出しを無視する理由もなく「今行くよ」と振り返った。

「食事かな、思ったより早いね」

チップを追加で弾む必要があるかもしれない。巾着を取り上げて玄関に向かう。ドアを開けた瞬間、ミゲルは虚を突かれた。そこに立っていたのは店番の少年ではなく、筋骨隆々の大男だった。

「ガスパル？」

返ってきたのはほっとしたような笑みだった。

「ああ、よかった、部屋を間違えていたらどうしようと思ったぜ。なんせ受付に誰もいなかったからよ。前に聞いた話を思い出しながら部屋を回ってたんだ」

確かに、緊急時の連絡先は教えてあった。だから彼がこの部屋にたどりついたこと自体は不思議ではない。問題は、なぜ今ここにいるのかということだった。

「まさか、本当に見舞いに来たのかい」

咎《とが》めるような声音に、だがガスパルは眉をひそめた。

「あぁ？　何言ってるんだ。あんたが呼んだんだろう。すぐ来いって」

「は？」

「手紙を渡されたぞ。『頼んでいた件を今すぐやってくれ』『滞在先で待つ。大至急』って。ったく、言ってることが二転三転するからいい迷惑だぜ」

ぞくりと背筋が震える。

見ればガスパルは手に布袋を持っていた。中に器物がいくつも入っている。おそらく陶器や硝子《ガラス》、金属細工の類いだ。

ぎりっと歯がみする。

やられた、嵌められた。

「ガスパル、今すぐ逃げろ」

「あ？　なんでだよ」

「いいから言うことを聞け！　ディア、窓の外を警戒。退路を確保して――」

警告はおそらく十秒ほど遅かった。

雷鳴のような轟音《ごうおん》とともにガスパルが吹き飛ぶ。光の刃が廊下を埋め尽くして、壁と天井を切り刻んだ。網膜が焼かれる。予想はしていたが、目を閉じるのが間に合わなかった。世界が真っ白になる。ディアは、出口は、どこだ。

瞬間、背中の真ん中に手の感触を覚えた。ぞっとして振り返る。なんとか身をよじって逃れようとしたが、

バリッ！

全身に激痛が走った。肌が焼ける。目と口、鼻の穴から炎が噴き出したような感覚。気づけばすぐそばに床があった。倒れている。全身を痙攣《けいれん》させて廊下に伏せっている。

足音が響いた。

黒い人影が二つ、のぞきこんでくる。

一人は髪を逆立てた立て襟コートの男。片手に稲光をまとい、歪んだ笑みを浮かべている。魔術師、〈煤《すす》かぶり〉のロレンソだ。

そしてもう一人は、

「勇者認定官がなぜスパイのような真似《まね》を？　是非納得のいく説明をいただきたいですな」

ローブ姿の司祭、サーラスはそう言って柔和に笑った。

4

古来、素性がバレた内偵の末路ほど悲惨なものはない。

非合法活動故《ゆえ》に国は守ってくれず、敵はあらゆる手段を使って情報を引き出そうとする。追放や監禁ですめば御の字だ。やってもいないことをやったことにされて、言ってもいないことを言ったことにされて、満足のいく回答をしない限り、尋問は続く。それでもし味方の機密を漏らせば今度は裏切り者扱いだ。

絶望的すぎる。

公務員としてのキャリアはおろか、人としての未来も奪われかねない。

夢の中でミゲルは必死に抗弁していた。

――いいかい君達。僕はこう見えてなかなか口が硬いんだ。話せる内容は今すぐ話す。でも話せないことは頑として黙秘する。具体的には（自主規制）とか（自主規制）くらい血なまぐさいことをやらないと、口を割らないよ。さて君達にそこまでの覚悟はあるかな？ どうせ仕事だろう？ 今後寝覚めの悪い思いをしないためにも、当座の証言で満足するべきじゃないかな。僕はね、君達のことを思って喋ってるんだよ――

なんてことを主張しながら、現実家のミゲルは諦めにも似た思いを抱いていた。

たぶん、自分は今気を失っているのだろう。ロレンソにゼロ距離で雷撃を受けて、身体の自由を失った。で、教会かどこか、人気のないところに運ばれているのでは？ サーラスも目撃者は少なくしたいだろうし、自分の悲鳴が外に漏れないところを選ぶはずだ。

つまり次に目を開けるとそこは十中八九、地下の拷問部屋だ。尋問役は自分の戯言《ざれごと》など聞く耳も持たずに、仕事を始めるだろう。なんならすでに取り返しのつかないことになっているかもしれない。

ああ。

ああ、失敗した。

暗澹《あんたん》たる未来予想図に浸っていたせいだろう、覚醒して最初に覚えたのは違和感だった。

世界が明るい。窓から豊かな朝陽が差しこんでいる。空気は清涼で、牢獄《ろうごく》特有の息苦しさはまったくない。何より寝床が柔らかかった。石や土の床ではありえない。ベッドだ。貴族や大商人の寝室もかくやというような寝具に横たわっている。

寝返りを一回。背筋や腹筋が痛みを訴えるも、想像していたほどではない。よく見ると首や手には包帯が巻かれていた。まさか〈刻印〉のある上体まで、と身構えたが、肌着は乱れていない。どうやら最低限の手当てで寝かされたようだ。ベッド脇の荷物も荒らされた形跡はない。

部屋は宿屋のものより二回りは大きかった。

漆喰《しっくい》の壁と木目の柱、梁《はり》が上品な印象を与える。床には浅葱《あさぎ》色の柔らかそうな絨毯《じゅうたん》が敷き詰められていた。大きな窓から見える町並みはフェリシダのものだ。家々の屋根を見下ろせるから、ここは山の中腹――教会の建物か。

（ふむ？）

ディアの姿はない。なので二人仲よく招待されたわけではなさそうだ。ただ、最悪の予想は実現していなかった。

トントン。

ノックの音に振り向く。

開いた扉の向こうにローブ姿の侍者がいた。起き上がったミゲルを認めて一礼する。

「朝餉《あさげ》の支度が整っています。用意ができ次第、ご案内いたします」

「そうかい、僕は朝の用意に二時間くらいかかるから、一度引き揚げてもらっていいよ。場所さえ教えてもらえれば、自分で食堂に向かう」

「……」

「冗談だよ。すぐ行ける」

にこりともしない。人形みたいな相手だ。

侍者はミゲルがついてくるのを待って歩き出した。無人の廊下を進んでいく。年代物の照明が頭上に連なっていた。建物自体は古いが、こまめに修繕されている様子だ。窓や床にも目立った傷はない。

階段を下りて再度廊下を進む。三、四分ほど行くと大きな扉の前にたどりついた。侍者が頭を下げて「お連れしました」と呼びかける。「どうぞ」と答えた声には聞き覚えがあった。

案の定、中にいたのはサーラスだった。長テーブルの向こうに、聖画を背にして腰かけている。テーブルの上には大小の皿が並べられていた。

「おはようございます。よく眠れましたか」

屈託のない問いかけだった。柔和な笑みを浮かべたまま、手を差し伸べてくる。

「どうぞ、おかけください。王都のものとは比べものにならないでしょうが、それなりの朝食を準備しました。モリノ産のチーズはなかなかいけますよ、アレナ羊の燻製《くんせい》も、まぁ田舎料理にしては上等です」

侍者が一礼して引き揚げていく。ミゲルは嘆息して向かいの椅子に腰かけた。席を動かすと同時に、別の侍者が料理を運んでくる。グラスに果実の絞り汁が並々と注がれていった。

「もてなす相手を間違ってるんじゃないかな？」

ミゲルは果汁の滴りを眺めながら言った。

「君達は昨日、僕を黒焦げにして拉致したと思うんだけど」

「非礼は重々お詫《わ》びいたします。ロレンソが、あなた方はちょっとやそっとのことでは捕まえられないと言い張るもので。ただ私の真意はあなたとお話をしたかっただけです。物の道理が分かる者同士、真摯に語り合えればと」

「お話」

　鼻で笑ってしまった。

「生殺与奪の権はそっちにあるんだ。力ずくなら力ずくで初志貫徹すればいいだろう。それとも何か？　世間話につきあえば、それでお役御免になるとでも？」

「残念ながら、そうはまいりませんな。ただ、これは持論なのですが、恐怖や苦痛は尋問の手法としては下策です。窮地から逃れるためなら、人はどんなことでも口にしますからね。聞きたい台詞を言わせるのには向いていても、真実を引き出せるとは限らない」

「うまい食事と清潔な寝床なら、違う結果になると？」

「少なくとも嘘《うそ》をつく理由はなくなるでしょう。何、時間はたっぷりあります。話したくなるまでごゆるりと滞在なさればいい」

　パンが運ばれてきた。焼きたてのよい香りが鼻孔をくすぐる。今更ながら空腹が意識されてきた。冷笑家を気取っても身体は正直だ。格好をつけているうちに胃が鳴ってもしまらない。諦めて手をつける。

　一口、二口、三口。徐々に人心地ついてくる。意を決してサーラスを見つめた。

「まず僕から確認してもいいかな」

「どうぞ」

「ディアはどこに？」

「別のところでお休みいただいています」

サーラスの笑顔は曇り一つなかった。

「大丈夫、丁重にもてなすよう申しつけてありますよ」

「ガスパルは？」

「神は背信者を嫌います」

「なるほど」

利用価値のある者だけ残したということか。であれば、自分がおかしなことをしない限り、ディアの身柄は保証される。ガスパルに関しては……まぁ最悪の事態になっていないことを祈ろう。

「もう一つ」と言葉を継ぐ。

「君らはいつから僕を疑っていたんだい。さっき『ロレンツが僕らを知っている』みたいなことを言っていたけど」

ひょっとしてトロ村時点で動向がバレていたのでは、この一週間、泳がされて監視されていたのでは。そう思ったがサーラスは肩をすくめた。

「まぁ最初からおかしな方々だなとは思っていましたよ。王都の役人がわざわざ足を伸ばすには、ここは僻地《へきち》すぎます。ただ、どちらかと言えば警戒していたのはガスパルの方でしてね。最近明らかに挙動不審でしたから、餌を与えて黒幕をつきとめようと思ったわけです」

「教会を空けると触れ回ったり、偽の手紙で尻を叩いてみたり」

「ええ。柄にもなく慎重なので焦りましたが、結果的には無事食いついてくれました。丁度ロレンソも報告に戻っていましてね、尾行についてきてもらったところ、あなた方に見覚えがあると。そこでいろいろ繋がったわけです。いやはや、トロ村ではずいぶんな大立ち回りをされたようですね。まったくただの役人には思えない」

「前回も今回も、僕は彼の魔法にやられただけだけどね」

平静を保ちながら、果実の絞り汁を飲む。なるほど、であればほぼ想定の範囲内だ。今の話ならアリアドナの脱走はバレていない。彼女に尋問の矛先が向く心配はない。

会話が途切れる。

沈黙を待っていたように他の料理が並べられ始めた。目の前のテーブルを皿と食材が埋めていく。

「ずいぶん豪勢だね」

正直な感想を漏らした。

「これが宿の食事なら支払いが心配になるところだ」

「教会というのは、なかなかよい商売でしてね」

サーラスがグラスを揺らした。

「ご存じかもしれませんが、教会領には免税特権というものがあります。たとえば町外れの牧場主が我々に牧場を寄付すると、その土地の売り上げには一切税がかからなくなるんです。もちろん彼らも生きていかなければなりませんから、生業《なりわい》自体は続けていただく。ただ儲《もう》けの一部を教会に寄進してもらう。そんな関係を増やしていくと、かなりの浄財が集められるんです。それこそ食事代などどうでもよくなるくらいに」

「だから既存のフェリシダ教会を乗っ取ったのかな？　プエルタ派の看板じゃ同じような金集めはできないから」

投げこんだ火薬玉は、さほどの効果をもたらさなかった。サーラスは静かに首をひねった。

「金だけじゃありませんよ。人脈、信用、情報。教会組織というのは宝の山です。ただ、こちらのフェリシダ教会は疾《と》うの昔に朽ちかけていましてね。所与の財産をあたら無駄にしていました。ですから我々が有効活用しようと思ったわけです」

「もとからいた聖職者はどうしたんだい？　ガスパルやトロ村の人達みたいに排除したのか」

「まさか、他の土地の教会にちゃんとポストを準備しましたよ。我々もそれなりにコネクションを築いているんです。目立たないようにいろいろと苦労しながらね」

「結構な盛況ぶりじゃないか」

皮肉たっぷりに睨《にら》みつける。

「なら、別に妙なことをしなくても稼げるだろう。各教会からの寄付・寄進だけでもかなりの額になるはずだ。この上〈聖勇者〉なんて見世物を準備しなくてもいいだろうに」

「我々が商人であれば、確かに」

サーラスは諭すように手を組んだ。

「ですが我々は教団なのですよ。信徒を集め、信仰を厚くして、正しい神の教えを広める必要がある。その時、不可欠なのは教会に負けない権威です。従来の神とは違う威光を、目に見える形で示さなければならない」

「それが伝説の〈勇者〉？」

「ええ、聞いたこともない聖人よりは、よほど身近な存在でしょう？」

「まぁ、ね」

内心で舌打ちする。ずいぶんと鼻息の荒い計画だ。現行教会権威の転覆、その旗印としての〈聖勇者〉擁立。正直予想のはるか上をいっている。そして、ここまで赤裸々に話す以上、少々のことでは解放しないつもりだろう。

なんと迷惑な。勘弁してほしい。

渋面のミゲルに、サーラスはすっと身を乗り出してきた。

「さて、今度はこちらからうかがいましょう。あなたの本当の所属はどこですか」

「？　というと？」

「この期に及んで勇者認定官を名乗れるとも思っていないでしょう。異端審問局ですか、それとも教区監査部ですか？」

一瞬きょとんとしてしまった。目をぱちくりするミゲルに、サーラスは初めて苛立《いらだ》ちを見せた。

「とぼけるのもいい加減にしてください。あなたは国教会の指示で動いているのでしょう？　何がきっかけかは知りませんが、フェリシダ教会の異変に気づき状況を確かめに来た。違いますか？」

「ああ」

分かった。

情報漏洩《ろうえい》を気にしているのか。教会内部のコネクションが摘発されて、その先にフェリシダが浮かんだと思っている。疑惑の目が向けられたと考えている。だとすれば彼の知りたいことはシンプルに三つ。

どこから、
どのように、
どの程度、情報が漏れたのか。

確かにそのあたりが分からないと今後の行動計画が立てられないだろう。やってきたスパイを始末して、はい終わりにはさせられない。

だから生かされている。表向き丁重にもてなされている。

「ただで証言しろとは言いませんよ」

サーラスの目に狡猾《こうかつ》な光が宿った。手を上げて合図すると、侍者が革袋を持ってきた。机上に置いた瞬間、金属の擦れ合う重い音がする。

「ドナリア銀貨で百枚あります。情報の内容によってはもう少し色をつけましょう」

ミゲルは路傍の石でも眺めるように革袋を見つめた。

「これは今回の証言に支払われる対価かな？　それとも今後続くであろう二重スパイの代金も含んでいるのかい」

「別料金と考えてもらっていいですよ。あなたにその気があるなら、教団にポストを準備してもいい」

ずいぶん高く買ってもらったものだ。まぁ一度証言させれば、彼らは自分の弱みを握ることになる。脅しで言うことを聞かせられるのなら、以降の約束を守る必要もない。すっとぼけるのも踏み倒すのも思いのままというわけだ。では実際問題、いくらくらいが正当な対価か？　銀貨二百枚？　三百枚？　それとも金貨の支払いにしてもらうか？

なんて皮算用はともかく。

「悪いけど、ご期待には添えそうにないな」

革袋から視線を外す。椅子にもたれかかって足を組んだ。

「サーラス司祭、あなたはさっき、耳心地のよい嘘よりは真実を聞きたいと言った。だったら僕の答えは一つだ。ミゲル・イバルラは王国勇者認定官で、他の何ものでもない。よって教会内部で君らがどう思われているか、知りようもない」

「……分かりませんな」

サーラスの顔には戸惑いがあった。眉間に皺を刻んだまま片眉を持ち上げる。

「仮におっしゃる通りだとしましょう。だったらなぜこんな僻地の教会を探ろうとするんですか。〈聖勇者〉の存在に興味を引かれたから？　ですが我々は王国に何も求めていないんですよ。認定も保護も支給金も何一つ必要としていない。なのにどうして、危険を冒してまでくちばしを挟んでくるんですか」

「……」

「私は王都の役人の性質をそれなりに知っています。彼らは必要のない仕事はしない。少しでも面倒事から遠ざかろうとする。ましてや認定官の仕事は〈勇者〉手当の適正支給で、金をばらまくことではないはずです。だったらあなたは何をしにフェリシダへ来たんですか？　一体どういう職業意識で動いているというんですか」

「それは――」

答えかけた途端、ノックの音が響いた。扉が開く。ここまで案内してくれた侍者が顔を出した。

「サーラス様、そろそろ会合のお時間です」

咎めるように侍者を見つめたのも一瞬、サーラスは肩の力を抜いた。

「分かりました。行きましょう」

口を拭き立ち上がる。ストラをかけ、少し高い位置からこちらを見下ろしてきた。陽光に照らされた顔は、いつもの仮面めいた笑顔に戻っていた。

「なかなか楽しい朝餉でしたよ。また夜にゆっくりと語り合いましょう。ああ、今度はもう少し胸襟を開いていただけると嬉《うれ》しいですね。では、よい一日を」

5

失敗した。

そう思ったのは、サーラス退室後、すぐに席を立つよう促された時のことだった。

能面の侍者は慇懃《いんぎん》に、だが断固たる態度でミゲルをもといた部屋に放りこんでしまった。扉はがっちりと施錠されて、呼べど叫べどなんの反応もない。今までのもてなしは何かの間違いですと言わんばかりだった。

囚人を相手にする者としては至極当然の対応。ただ現実問題、こちらは話に集中しすぎて食事が取れていない。せめてパンの一切れでも置いていってくれと叫びたかった。

こんなことなら適当に相づちを打って、あとは栄養補給に専念するべきだった。果実汁よりもパンや肉を優先するべきだった。

まったく、悪い癖だ。腹の探り合いとなるとつい熱が入ってしまう。

嘆息しながらベッドに横たわる。綺麗な漆喰塗りの天井を見つめた。

（まぁ）

今更悔やんでも仕方がない。なるべく体力を温存して今後に備えよう。

さて——どうするか。

ディアの安否は気になるが、まずは当初の目的を果たしたい。偽〈勇者〉と奇跡のトリックを暴く。自分の仮説が正しいか確かめる。

そのためには、建物内部を自由に動き回る必要がある。

鍵のかかった扉を抜けて、誰にも見つからず、場所も分からない目的地を探す——

うん、なかなかハードルが高い。

ただあまり悩んでいる余裕もなかった。情報漏洩の疑いを持った以上、サーラスは早々に行動を起こすだろう。ケチがついたと撤収してくれるならまだよい。問題は彼らの計画を前倒しされた場合だ。

〈聖勇者〉の存在を大々的に押し出して、王都の教会権力に挑戦する。我々には伝説の〈勇者〉の生まれ変わりがついている。偽りの救いを捨てて、彼女に帰順せよ！

大騒ぎになるだろう。いや、正直言えば既存の教会がどうなろうとあまり興味がない。問題は『伝説の〈勇者〉発見』と聞いた時の世間の反応だ。ただでさえ無駄金使いと見なされている勇者認定局は、即座に存在価値を疑われるのではないか？　いいじゃないか、目当ての〈勇者〉が見つかったんだから。あとは彼女を守り育てていこう。既知の〈勇者〉？　登録抹消して保護を打ち切ればいいだろう。伝説の〈勇者〉さえいれば〈魔王〉は倒せるのだから――そんな風に思われるのでは？

アリアドナに世界の命運が託される。

まずい。

どう考えてもまずい。

ことが起きてから、やっぱり偽物でしたではすまないのだ。

荷物を探る。脱出の助けになりそうな物を一通り眺めてみた。

水筒、帽子、書類入れ、財布、火打ち石。ナイフは……ない。どうやら事前に危険物は抜き取られているようだ。火打ち石で放火することも考えたが、巻きこまれる可能性の方が高い。だめだ。

視線を巡らせる。ベッド以外の家具は椅子、キャビネット程度だ。起き上がってキャビネットを漁《あさ》ってみたが中身は空だった。椅子の方は大した重さではない。扉に叩きつければ、簡単に砕けてしまうだろう。

(待てよ)

この部屋の出口は扉だけではない。外に面したところに窓がある。たぶんはめ殺しにされているのだろうが、あっちはまだ破りやすそうだ。椅子を叩きつけて、破片を取り除いて、アリアドナよろしくロープ降下する。ロープはないから別の物で代用するとして。外に出たあと、再侵入をどうするかも別で考えて。ああ、もちろんすごい音がするから人が飛んでこないかも検討するとして。……うん、すでに現実味が薄いが一考の価値はあるだろう。

椅子から手を離して窓に向かおうとする。

ノックの音が響いた。

ぎょっと動きを止める。荷物はベッドの上にぶちまけられてキャビネットは開いている。左手はまだ椅子の背もたれにかかったままだ。全てをもとに戻している余裕はない。まずい、不自然すぎる。

言い訳のネタを探しかけて静止する。違う、これはチャンスだ。何も行動を起こさずに扉が開く。あとはそこから出て行けばいい。さて問題。扉を椅子にぶつければ椅子が壊れる。窓にぶつければ大音がする。だけど人にぶつけたら?

椅子の足をつかんで持ち上げる。そのまま扉の陰に隠れて息を潜めた。暴力沙汰は苦手だが、今は手段を選んでいられない。大丈夫、落ち着いて狙いをつければ。

カチリと鍵が開いた。

レバーが回る。重々しい音を立てて戸が開いていく。扉板が分厚いせいだろう。廊下に何人いるかまでは分からない。複数人ならアウトだが、そこは幸運を祈るしかない。

息を潜めてタイミングを図る。

床の軋む音、それが一歩、二歩と室内に入ってくる。影が絨毯に落ちた。ぬっと上体が扉の陰から進み出てくる。

今だ。

……！

「っ！」

全身の動きを止めるのに、かなりの努力がいった。無理な姿勢で踏みとどまったので、あちこちの筋肉が悲鳴を上げる。振り下ろしかけた椅子が危ういバランスで震えていた。

それを見た侵入者は、今更のように「ひゃっ」と悲鳴を上げた。

「な、何してるんだが、ミゲルさ」

訛《なま》りのある口調で問いかけられる。

「それは僕の台詞だよ。いいから早くどいてくれ。手の筋肉が限界だ」

いつ椅子が落ちてもおかしくない。

侵入者はぱちくりとまばたきした後に、慌てて飛《と》び退《の》いた。扉が音を立てて閉まる。そこそこ大きな音がしたが気にしていられない。最後の力を振りしぼって椅子を軟着陸。肩の力が抜けた。ぶわっと全身の毛穴から汗が噴き出す。

「だ、大丈夫だが？」

心配そうにのぞきこんできたのは間違いない、亜麻色の髪の娘、アリアドナだ。ただ服装は胴衣とエプロンを合わせた粗末なものになっている。腰紐《こしひも》には円形の鍵束。〈聖勇者〉や村娘というよりは下女の趣だった。

「大丈夫だよ、主に君がね」

皮肉っぽい言葉にアリアドナは「は？」と首を傾げる。事態がよく飲みこめていないのか、ミゲルは「なんでもないよ」と手を振った。

「それより、どうしたんだい。こんなところに来て。僕が今どういう状況にいるか知っているのかい？」

「捕まってるんだべ？」

こともなげな台詞に、今度はこっちが意表を突かれた。

アリアドナはミゲルを見つめながら、にっと口角を持ち上げた。

「助けに来ただ」

第四章

Yushaninteikan to
Doreishoujo no
Kimyouna Jikenbo.

1

「下働ぎの女の子達《おばこ》が噂《うわさ》してだんだ。髪の毛立でだ妙な男が司祭様ど一緒にいだって」

廊下を歩きながらアリアドナが説明してくる。周囲の物音をうかがうように声を潜めていた。

「大ぎな耳飾りど鶏のトサカみでぇな襟どが言うがら、ん、ひょっとしてあの悪い魔法使いがな？　で思って。で、よぐよぐ聞いだら、男の人と女の人捕まえで閉じごめでるっていうでねが。背格好聞いだらどうもミゲルさやディアさみでぇだし、いでも立ってもいられなぐなって、こうして助げに来だんだ」

「それは……どうもありがとう、と言いたいところだけど」

戸惑いが声に滲《にじ》む。

「僕らがどうして捕まったかは理解しているのかい」

「んにゃ」

ここだ。

警戒を強めつつ訊《たず》ねる。

「教会は今の君にとって保護者だろう。その保護者が僕らを捕まえて監禁してるんだよ。

何か意味があってのことだとは思わないのかい？」

「思わね。だってあの悪い魔法使いがいるでねが」

「いるけどさ。それも含めてわけありなんだとしたら？　いや、そもそもトロ村の一件だって僕らが悪人で、その企《たくら》みをロレンソが防いでたのかもしれないだろう？」

アリアドナは虚を突かれたようにまばたきした。なるほど、そういう考え方もあるのかと言わんばかりの様子。いや、いやいやいやいや。

「もちろん、僕らは天に誓って疚《やま》しいことはないよ。ただ、救いの手を考えなしにつかめるほど信心深くもないんだ。だから一体、何が君をこれほど冒険的にさせているか知っておきたくてね。こう言ったらなんだけど、僕らと君は赤の他人でしかないんだから」

「他人って、トロ村のみんな探してぐれるつったでねが」

「言ったけど、まだ何も成果は出してないよ」

「オラんこど守ってぐれだ、あの魔法使いや怪物から」

「一緒に逃げただけだろう？　立ち止まってたら僕らもやられかねなかったし」

アリアドナはうーん、と下唇を突き出した。散らかった思考を探るように視線をさまよわせる。

一秒。

二秒。

三秒。

……

何か、純朴な善人を虐《いじ》めている気分になってくる。「あのさ」と言葉を継ぎ足しかけた時だった。

「なんか、変だど思ってだんだ」

ぽつりとアリアドナが言った。いつの間にか、ひどく真剣な目になっている。

「〈勇者〉様〈勇者〉様ってぢやほやされでも、やっぱりオラはただの村娘なんだ。本も読めねぇし、野犬一匹追い払うごどもでぎね。村じゃ畑の番一づ満足に任せでもらえねがった。のろまのアリアドナ、お荷物アリアドナって言えばオラのこどだ。なのに今じゃ奇跡の遣い手どが、聖なる生まれ変わりどが、なしてもおがしな感じがして」

「……」

「確がに教会はオラのこど助げでぐれだ。綺麗《きれい》な服やんめぇ食事もぐれだ。でもこれが何がの間違いで、オラはやっぱりもとののろまのアリアドナなんだどしたら、……なしてこんなごどになったのがちゃんと知っておがねどいげねぇ気がして。司祭様に叱られでも、嫌われでも、村がらみんな、いなぐなった理由、あの魔法使いど司祭様が一緒にいる理由、ミゲルさやディアさが捕まってしまったごども放っておいちゃいげね思って」

「今の生活を捨ててもかい?」

「……んだ」

「何も考えなければ、もっと素敵な暮らしができるかもしれないよ。王都に行って、お姫様みたいな扱いを受けて」

「そんなのオラでねぇ」

一刀両断。

ふっと苦笑が漏れた。サーラス司祭よ、あんたはいくつも墓穴を掘ってきたが、最大の失敗は〈聖勇者〉役の選定ミスだ。

アリアドナは見た目よりはるかに聡明《そうめい》でバランス感覚に優れている。誰かに言われるまま動く人物ではない。自分達の登場があろうとなかろうと、遠からず足下をすくわれていたはずだ。

「分かった。分かったよ」

ミゲルは降参したように両手を上げた。声から警戒を解いて、

「疑って悪かった。助けてもらって感謝するよ。で？　今は一体、どこに向かってるのかな」

「ディアさがづがまってるところ」

そこまで調べてあるのか。本当に有能だ。だが当座の行動には、少し異議を申し立てたかった。

「悪いけど、先に回ってもらいたいところがある」

「え？」

「地下の倉庫だよ。坑道跡を物置にしていると聞いたんだけど、知らないかい？」

「……たぶん分がるげど」

ミゲルは不敵な笑みを浮かべた。

「サーラス司祭が何をしているか知りたいんだろう？　答えを教えてあげるよ。そしてそれはたぶん、君が抱えている違和感の回答にもなる」

ディアを放置することに少なからぬ抵抗を示されたものの（『薄情でねぇが！』から始まり『ディアさの気持ぢ、考えだごどあるのが』、『だいだいミゲルさは――』と、まぁなかなかの剣幕だった）、結局アリアドナは地下への案内役を受け容《う》《い》れてくれた。

道すがらプエルタ派について説明する。教義や聖典解釈に踏みこんでも理解してもらえないので、主に非合法活動の面を話した。既存教会の乗っ取りや免税特権の悪用、寄進の私的流用など。

〈聖勇者〉を旗印にした教会転覆計画を話すと、さすがに彼女も血の気をなくした。予想外の事態に巻きこまれていると気づいたのだろう。肩を縮こまらせて怯《おび》えた様子になる。それでも泣き言一つ漏らさず、案内を続けてくれたのはさすがだった。ガスパル相手ならこうはいかなかっただろう。

だからミゲルも遠慮をやめる。組み立てた仮説を真正面から開陳する。

「はっきり言うけどね。トロ村の人達が消えたのは、君を〈聖勇者〉として祭り上げるのに邪魔だったからだよ。今後、君がプエルタ派の象徴になった時、トロ村の人達が『なんだありゃ、のろまのアリアドナじゃないか。あいつは畑の番一つできないんだぞ』と言ったら困るから。だから君の過去を知る人物はことごとく始末する。で、村人の失踪に気づいた訪問者――つまりこないだの僕らみたいな人間も待ち構えて始末し続ける。アリアドナという人間が、〈聖勇者〉様でしかなくなるその日までね」

「オラのせいなんだが」

震え声とともに見上げてきた。

「オラのせいで村のみんながひどい目にあったのが」

「君のせいじゃないよ。君はただ不運だっただけだ。たまたま悪いタイミングで、悪い人達に出会ってしまっただけだ」

「悪い人達……」

「もう分かるだろう。サーラス司祭だよ」

ミゲルは口角を持ち上げた。

「彼はとある条件の少年少女を探していた。見目がよく、身寄りが少なくて、何より身体《からだ》にある特徴を持つ者。大雨の日に山麓を歩いていたのも、候補者を探していたんじゃないかな。僻地《へきち》の子供ならいなくなってもそれほど騒がれないからね。特に彼らは一度失敗していたし、多少強引な手を使うことも厭《いと》わなかった。君はそこに転がりこんでしまったんだ。おあつらえ向きに大怪我《おおけが》をして、救命処置という大義名分まで準備してね」

「……よぐ分がらねんだども」

「すぐ理解できるよ。とにかく僕が言いたいのは、君がいなかったら別の人間が犠牲になっていたってことだ。プエルタ派にとって、〈聖勇者〉なんてのは替えのきく部品にすぎない。だから君が責任を感じる必要はない」

不運だった。

ただそれだけだ。

アリアドナはまだ納得いかなげだったが、口をつぐんだ。現在位置を確かめるように視線を巡らせる。

「地下への階段はこっちだ。今の時間だば見回りもいねぇで思うげど、夕方にはまだ食事の準備で人が下りでぐるはず」

「十分だよ。それまでには終わらせる」

「んだば、行ぐべ」

廊下の突き当たり、地味な木戸をアリアドナの持つ鍵束で開ける。しゃがみこんで戸口をくぐると空気が変わった。埃《ほこり》っぽい、澱《よど》んだ風が顔をなでる。壁や天井は黒ずみ、ところどころ漆喰《しっくい》が剝がれていた。道幅は狭く、二人並んで通るのがやっとだ。蠟燭《ろうそく》の明かりが、まばらに行く手を照らしている。

左手の奥に、地の底へ続くような階段が見えた。闇の彼方《かなた》で風が唸《うな》っている。段差の手前に地下水の漏出と思《おぼ》しき染みがあった。

「気つけで」

「うん」

足を滑らさないように注意しながら下りていく。十段、二十段、三十段。永遠とも思える下降の果てに再び廊下が現れた。だが、その姿は先ほどまでとずいぶん異なっている。剝《む》き出《だ》しの岩肌が四方に迫っていた。壁や床材の化粧もなく、天井に至っては巨人に乱打されたように凸凹している。ひんやりした空気が襟口から侵入してきた。

坑道だ。

素掘りの坑道跡が目の前に広がっている。

アリアドナが肩越しに振り返ってきた。

「ここから先はどうなってるが分がらねぇ。道沿いにいぐづも部屋があるって話だげど」

「一本道なのかい？」

「たぶん」

「じゃあ迷うことはないね、手当たり次第に見て回ればいい」

つとめて軽い調子で言って彼女を追い抜く。

闇に目が慣れると、周囲の様子が分かってきた。確かに一本道だ。緩い下り坂が続いている。壁には削岩用のロッドが刺さり往時を偲《しの》ばせていた。もう少し進むと、左手に影の深まりが見えてくる。壁が窪《くぼ》んでいるのだ。のぞきこむと案の定、扉が見えた。鍵はかかってない。軋《きし》み音を立てないように開けてみる。

「食料庫かな」

大きな革袋と樽《たる》が置かれている。頻繁に出し入れされているのだろう、埃はかぶっていない。

更に六バーラほど先にも扉があった。今度は椅子や机などの什器《じゅうき》が中に収められている。隣の部屋には寝具、その隣には補修用の建材。

その調子で部屋を改めていくと、ほどなく目的地に行き当たった。他より厚い扉に鉄の輪がついている。楔《くさび》で掘ったような文字で『TALLER』と刻まれていた。

ふっと口元が緩む。

「そのまんまだね。もう少し分かりづらくしてあるかと思ったけど」

「?　どういうごどだ?」

文字に指を走らせてみせる。

「〈工房〉って意味だよ。錬金術師が実験場所に使う名前だ」

「錬金術師？」

アリアドナが虚を突かれた様子になった。

「そんな人達が出入りしてらのが」

「いや、出入りしているのは司祭達だろうけどね。まぁ、似たようなことをやっていると思えばいいよ」

扉を開ける。広がった光景はほぼ予想通りだった。

壁面いっぱいに設《しつら》えられた棚、その上に鎮座する小瓶や壺《つぼ》。机には大量のメモが置かれて、棚の側面にも図面が貼られている。部屋の奥は間仕切りで仕切られて、何があるかは確認できない。ただ、手前のスツールには布きれが重ねられていた。壁のフックに薄手のローブがかかっている。　何枚かに黒い染みらしきものがついていた。

アリアドナは混乱気味に視線を巡らした。

「な、なんだが、ここ」

「だから〈工房〉だよ、まぁ扱う対象は金属じゃないけどね」

ミゲルはガラスの小瓶を照明にかざした。焦げ茶色の粒がぎっしりと詰めこまれている。試しに蓋を開けると少し甘酸っぱい匂いがした。

大当《ボナンザ》たり。

「アリアドナ、君、プエルタ派が急伸した理由はなんだと思う」

「なんの話だが」

「いいから、ちょっと考えてみなよ。たとえば、君の村に異端の聖職者が現れて『今の神様は嘘《うそ》っぱちだ。我々こそ真の神なり！』と言ったとする。さぁどうする？　あらそう！悔い改めなきゃって思うかな？」

「まさが」

アリアドナの眉間に皺《しわ》が寄った。

「そんな怪しい連中、塩まいで追い出してけるわ」

「だよね、普通はそうだ。まして、かつてのプエルタ派は異端であることを隠していなかった。教会への敵意も剝き出しだったし、起こした騒動も一つや二つじゃない。なのにみんな、こぞって彼らの洗礼を受けたんだ。なんでだと思う」

「……なんで」

アリアドナは口元を歪《ゆが》めた。見当もつかないという顔で、

「分がんね」

「簡単な話だよ。彼らは民衆に現世的な利益をもたらしたんだ。信者になった人間の怪我や病を治した。信じよ、さらば救われんってね」

「え？」

目をぱちくりとされる。

「それって、〈聖勇者〉の」

「奇跡だね。まぁ、彼らのやり口は今も昔も変わっていないってことだ。ただ当時の所行について言えば、もう手品の種が割れている。本当に単純だよ。プエルタ派の開祖、アレハンドロ・カブレラって男はね。王立アカデミアの医学者だったんだ」

おいしゃさ……

つぶやくような声にうなずいてみせる。

「うん。当時最新鋭の薬や治療技術を、彼は惜しげもなく振るったわけだ。だけどその成果は学問ではなく、奇跡によるものと主張する。なぜ？　そっちの方があがめ奉られるからさ。生き神様、偉大なるカブレラよ！　って」

「……」

「もう分かっただろう。プエルタ派ってのは神の代行者なんかじゃない。医術を悪用したペテン師、犯罪者集団だ」

ミゲルは部屋の奥に歩いていき、勢いよく間仕切りの布を剝ぎ取った。

現れたのは簡素な寝台と円形の照明だった。周囲には小さな棚が置かれて、金属製の器具が並べられている。小刀の切っ先が鈍い光を放っていた。

「あぁ」とアリアドナが口元を押さえる。双眸《そうぼう》が大きく見開かれていた。

「こ、これって」

「うん、君が治療を受けたところだよ。処置台ってやつだ」

かつてここで繰り広げられた情景を思い浮かべる。

寝台に横たえられた彼女、それを囲むプエルタ派の医術者達、服装は返り血を浴びてもいいように術式用のローブ。天井には燭台《しょくだい》が円形に配置されて、処置の手元を照らしている――

そう、雑然とした調度の意味もこうなれば明らかだ。医療器具、処置メモ、薬剤の容器、調合用具。衛生用の布きれ、そして血のついたローブ。

〈工房〉

プエルタ派の呼び名は正確だった。研究・検証・実践のための設備、ただそこで扱われるのが物ではなく『人』という話だ。

アリアドナは呆然《ぼうぜん》とつぶやいた。

「オラは……神様に助けられたんでねぇんだな」

囁《ささや》くような声。

「みんなを救え、神の力を伝えよ、って、あれも司祭様達の声だったんだな」

「まぁね」

処置中のもうろう時は直接、それ以外の時は〈雪石〉の仕掛けを使って語りかけたのだろう。

アリアドナは拳を握りしめてうつむいていたが、ややあってはっと顔を上げた。

「ま、待ってぐれ。ちょっと変だ。だって巡礼の人達を、こんなどごろに連れできだごどねぇぞ？　処置台？　っつーのが？　あんなもの儀式で使ったごどねぇ。でもみんな、治ってだ。これはどういうごどだが？」

「薬を使ったんだろう。聖餐《せいさん》の儀というのは要するに食事会だ。だったら服薬の機会はいくらでもある。あらかじめ症状を申告させて、それに見合う薬を処方しておけばいい」

調合用具と思しきすり鉢や小皿を示す。だがアリアドナは首を振った。

「おがしい。だって中には薬じゃよぐならねぇ人達もいだんだ。身体の半分を戦でなくした人とが、不治の病で医者に匙《さじ》投げられだ人とが、そんな人達もケロッどして帰っていぐんだ。ああ、楽になった、助がったって。プエルタ派の薬はそんな魔法のような代物なのが？　どんな病気や怪我でも治してしまうのが？」

「まさか」

鼻で笑ってしまった。

「人間の営みに万能なんてないよ。今後どんなに文明が進んでも、人は老いるし、なすすべもなく死ぬ。例外はないよ。もしそこから外れる者がいたら、それはもう人じゃない。ただの化け物だ」

「んだば」

「だからたぶん、彼らは治っていない。治ったような気持ちになっていただけだ」

アリアドナはきょとんとした顔になった。

ミゲルは手の中の小瓶をもう一度かざした。中にある粉を揺らしてみせる。黒いさざ波が瓶の内側を洗った。

「ケシの果汁を加工したものだよ。乳液状の分泌物を掻《か》き集《あつ》めて乾燥、すり潰して作る。もともとは手をかぶれさせる程度の効果だけど、適切に処理すれば人の心に作用するようになる。鎮痛・鎮静、多幸感、そして幻覚作用。つまりは麻薬だよ」

薬は薬でも――毒薬の類いだ。

視線を棚に巡らす。

「この坑道は人目につきづらい。麻薬製造にはもってこいだ。どうやら設備も十分に整っているようだしね。かなりの量を生み出せるんじゃないかな。丁度、聖餐の儀に供給できるくらいには」

「っ！」

アリアドナは顔を引きつらせて後ずさった。頬を戦慄《わなな》かせながら、

「す、救いを求める人達を薬漬けにして、金だけふんだくったのが⁉　何も治さずに、神様の加護がもたらされだど言って！」

「そうだね。ついでに言うと同じ薬は君にも使われたはずだ。手術後、光がまぶしく感じられたり嗅覚が鋭くなったと言ってたよね。これは典型的な薬物利用の症状だよ。たぶん、神の声が効果的に届くよう催眠効果を狙ったんじゃないかな。あるいは、意識レベルを下げて逃げられないようにしていたか」

「なんていう」

小さな唇が震えた。凍えたように両の肩を抱く。

「なんておっかねえごどを」

「その感想には完全同意だけどね。残念ながらショックを受けるのはまだ早いよ。君がどうやって〈勇者〉の力を得たのか、まだ僕は説明していない」

アリアドナははっと顔を上げた。首をすくめてやや怯えた様子になる。ミゲルは意図して酷薄な微笑を浮かべた。

「やめておくかい？　ここまで来たら、もう僕一人で調査を進められるけど」

「んにゃ」

かすれ声に迷いはなかった。瑠璃色の目がまっすぐに見つめ返してくる。

「全部教えでぐれ、ミゲルさ。オラを何も知らねぇ可哀想《かわいそう》な娘のままにしねぇでぐれ」

犯した罪の責任は取る。共犯者としての責めを負う。小作りな顔がそう語っていた。

ミゲルはふっと息を抜いた。薬瓶を置き、うなずいてみせる。

「分かった、じゃあ行こう。答えはたぶん、そう遠くないところにある」

2

目的地が近いと言い切ったのは、それが工房と密接に絡む存在だからだ。

材料供給地と加工場所の関係。

もしくは工場と消費地の関係。

どちらにせよ、至近に配することで、材質の劣化や輸送時のリスクを抑えられる。何かあった時の補充も簡単だ。

もちろん見つかると困るから、あまり地上寄りには作れない。だったら隠し通路を設けてその先に配置しているのでは？　たとえば横穴の入り口に、黒い板を立てかけたりして

――

予想は当たった。

工房を出て十秒ほど歩くと、すぐにそれらしいものが見つかる。壁の一部が不自然に揺れていた。風に煽《あお》られているのだ。手を伸ばすと柔らかな感触が返ってきた。布だ。天井から垂れ幕がぶらさげられている。

掻《か》き分《わ》けるようにして横にずらす。目の前に続いていたのは、本坑より一回り小さな坑《あな》

だった。試掘用なのか壁の処理が甘い。空気も心なしか澱んでいた。

足を踏み出す。

こつこつと乾いた音が響いた。

アリアドナは沈黙している。緊張した面持ちだ。細い指がぎゅっと袖を握ってきている。にしても寒い。

陽の光が届かない以上当然だが、季節が二つほど移ろった感じだ。ずっと暗いままだから時間の感覚もなくなってくる。

あまり長居はしたくないな、少なくともどこかで一度地上に戻りたい。鬱々としているうちに道が途切れた。いや、正確に言えば『柵』に行き当たった。

坑が塞がれている。拳ほどの太さの柱が何本も屹立《きつりつ》していた。道幅は徐々に狭くなっているから、たぶんこの先で本当に行き詰まっているのだろう。つまり柵はその奥のスペースを簡易的な部屋に変えているわけだ。

「こ、これって」

アリアドナが呻《うめ》く。ごくりと喉の鳴る音がした。ミゲルは「うん」とうなずいた。

「牢《ろう》だね、見ての通り」

「だ、誰か入ってるんだが？」

「そりゃそうだろう。鍵もかかってるし」

アリアドナの持っている鍵束では……開かないだろう。つまり、中の者を助け出すにはもう一手間必要ということだ。地上に戻って家捜《とら》しするか、誰か人質を取って開けさせるか、待ち受ける面倒に溜息《ためいき》が出る。が、今は囚われ人の無事を確かめるのが先だ。柵に歩み寄って中を照らす。

最初は誰もいないのかと思った。岩肌にへばりつくようにしてベッドと棚が設えられている。床には皿やスプーンが散らばっていた。灯《あか》りから逃げるようにトカゲが這《は》っていく。ぴちゃりと水の滴る音がした。

「こんにちは」

場違いな挨拶に、衣擦《きぬず》れの音が答えた。ベッドの上で何かが動く。岩肌の凹凸と思っていたものは毛布の陰影だった。誰かが壁を背にして縮こまっている。毛布の隙間から、かすれた哀願が響いてきた。

「勘弁してくれ」

低い男の声。

「もう本当に限界なんだ。耐えられない。他のことならなんでもする、金がほしいならいくらでも払う。だからやめてくれ。頼む」

「大丈夫ですよ」

ミゲルは灯りを遠ざけた。怯える相手に再び影をまとわせてやる。

「僕は教会の人間じゃありません。彼らがしたようなことをあなたにはしません」

「……嘘だ」

「本当です。いいですか、僕の名前はミゲル・イバルラ。王都の勇者認定官です」

反応は劇的だった。毛布の塊が転げ落ちる。そのまま四《よ》つん這《ば》いの姿勢で近づいてきた。灯りに浮かび上がるミゲル達をじっと見上げてくる。

「認定官、認定官だと！」

ぎょろついた目が見開かれる。伸びた髪と無精ひげが震えた。視線の先にはミゲルの袖章がある。城門と物見櫓《やぐら》の印。「ああ！」と呻くような声が漏れた。

「本物だ、信じられない。なんでこんなところに」

「あなたを探してきたんです。アンティロペの町であなたがいなくなったと聞いて」

「監査か？　じゃあひょっとして君が今回の監査担当なのか」

「ええ」

話がややこしくなるので紆余曲折《うよきょくせつ》は除く。ミゲルは単刀直入に必要なことを訊ねた。

「念のため確認します。第一種認定〈勇者〉、ヘロニモ卿ですね？」

「ああ」

力強い肯定が返ってきた。

「私がヘロニモだ。アンティロペの〈勇者〉達の世話役をしている」

で」

「〈勇者〉様？」

頓狂な声を上げたのはアリアドナだ。ぎょっとするヘロニモに構わず進み出る。

「な、なして〈勇者〉様が捕まってるんだ？　こんなどごろに、毛布一枚で押しこめられ

「アリアドナ、落ち着いて」

「これが落ぢ着いでいられるが。わげわがらね。〈勇者〉様がいるだば、最初がらお願いして、奇跡でもなんでも起こしてもらえばええでねが。なのに牢屋《ろうや》さ閉じごめで、代わりにオラみだいな田舎娘、使うどが」

声が大きい。話が再開できない。仕方ない、どのみち仮説を検証する必要はあるのだ。この場で解説してしまおう。

「分かった。ちゃんと説明するから離れて。……ヘロニモ卿《きょう》、いくつか質問させてもらってもいいですか？」

「……私に答えられることなら」

「大丈夫。抜けてる部分は僕が補足します。二月《ふたつき》前から今日にかけて、あなたに何が起こったか確認させてください」

脳内でパズルのピースを組み立てる。今まで得た情報を、一つ一つ仮説に当てはめていった。

「まずことの始まりです。先月末、アンティロペで領主を中心としたパーティーが催された。表向きは諸侯の懇親会、ですが実際にはヘロニモ卿、あなたに対する有形無形の協力依頼が行われていた。いつものこととはいえ、だいぶお疲れになったんでしょう。頃合いを見計らってあなたは控え室に引き揚げた。一息ついてまた会場に戻るつもりだったのかもしれませんね。ですがそこで襲われた。口を塞がれ、自由を奪われて拉致された。具体的な方法までは分かりませんが――」

「後ろから口を押さえられたんだ。薬のようなものを嗅がされて意識が遠くなった。気がついたらもう、ここに連れてこられていた」

「なるほど、シンプルですね。さて、目が覚めたあなたは当然、抗議したはずだ。第一種認定〈勇者〉として相応《ふさわ》しい威厳を示したはずです。ひょっとしたら、暴力や兵糧攻めと戦う覚悟さえ固めていたのかもしれない。だがここで彼らは思ってもいない行動に出た。あなたを押さえつけて、手足を拘束して、関節に針を突き刺した。そしてそこから血を抜き始めたんです」

「ああっ！」

悲鳴が漏れる。ヘロニモは頭を抱えた。

「そうだ、あいつらは私の身体から血を搾り取った。ゆっくりと、時間をかけて、嬲《なぶ》るように。だが一方で食事や水はちゃんと与えてくるんだ。板張りのベッドに寝かせて、身動きできないよう押さえつけたままな。悪魔の所行だ。まともな人間のやることとは思えない」

「まぁ、予備知識がなければ当然そう思うでしょうね。ですがヘロニモ卿、ここだけは彼らを擁護しておきますが、あなたは大切に扱われたんですよ。貴重な資源の供給元として、栄養や睡眠を欠かさず与えられた。血を抜くのに時間をかけたのも、あなたの身体を気遣ってこそです」

「どういうことだね」

「言葉通りですけど。まぁそのあたりは説明を続けていけば分かるでしょう。ちなみに監禁中、彼らに何か要求されませんでしたか？　言う通りに文章を書けとか」

「言われた……言われたな」

記憶を探るように視線を巡らせる。

「紙束を渡されて、本を書き写すよう指示された。何枚も何枚も何枚も。時には数字や文字だけの意味もないページもあったな。わけが分からなかったが、逆らえば余分に血を抜くと脅されて、従わざるをえなかった」

「名前を書けとも言われませんでしたか。普段、書類に書いているように」

「あぁ」

目を見開いているからたぶんそうなのだろう。ミゲルはうなずいた。

「筆跡を取られたんですよ。サンプルとなる文字を大量に準備して、あなたの文章を捏造《ねつぞう》できるようにした。ご存じないと思いますが、アンティロペにはあなたからの手紙が何通も届いていますよ。自分は無事だから心配するなってね」

「なんだって」

愕然《がくぜん》とするヘロニモから視線を外す。フォローしてほしいのだろうが、今はアリアドナの疑問の解消が先だ。

「さて、では時計の針を巻き戻して、今度は教会側の行動を考えてみよう。一年前、フェリシダに赴任してきたサーラス司祭、すなわち異端のプエルタ派集団は徐々に勢力を伸ばして教会の乗っ取りに成功した。そして半年前、計画を次のフェーズに進める。すなわち彼らの象徴であり、旗印となる〈聖勇者〉の擁立だ。だがここにおいて二つ問題が生じる。まず第一に既存の〈勇者〉はほぼ王国に管理されている。仮に金を積んで協力させても、今更伝説の〈勇者〉の生まれ変わりとは名乗らせられない。これが君の疑問に対する回答だよ、アリアドナ。彼らの計画を進めるには、今まで誰にも知られていない〈勇者〉を担ぐ必要があったんだ」

「誰にも知られていない……」

「うん。もちろん、彼らは専門の認定機関なんて持っていないからね。新規の〈勇者〉を探すのはほぼ不可能だ。仮にできたとしても時間がかかりすぎる。ならどうするか？　まぁ普通に考えれば『でっちあげる』だろうね。それらしい候補者を探してきて〈聖勇者〉でございと主張する。さて、ここで問題の二つ目だ。でっちあげた人間が〈勇者〉だとどうやって証明するか。どうしたらみんなに本物の〈勇者〉だと信じてもらえるか」

「うう……ん?」

アリアドナは眉根に深い皺を刻んだ。

「奇跡を見せる、だが?」

「いい加減、奇跡と〈勇者〉は切り離して考えなよ。あれはプエルタ派の医療行為と麻薬利用の産物だ。あんなペテンをいくらやったところで、僕ら専門家の目はあざむけない。いいところ妙な治癒能力を持つ子供がいると考えるだけだ。思い出してみなよ。僕らは〈勇者〉かそうでないかをどうやって判断した?」

「判断」

「トロ村に行く前、教会の前で」

「あ」

ようやく気づいた様子でアリアドナが刮目《かつもく》した。喘《あえ》ぐような声を漏らし、

「〈聖具〉だが?」

「そう」

〈魔王〉を傷つける手段、青白く輝く退魔の装備。

「あれは〈勇者〉の力を吸収・増幅して目に見えるようにする。つまり〈聖具〉を起動させられれば、その持ち主はすなわち〈勇者〉ということだ。誰が疑う余地もない」

「ま、待ってぐれ、ミゲルさん。よぐ分がらねぐなってぎだ。〈聖具〉を使えるのは〈勇者〉だけなんだが？　だったら〈聖具〉使えだ時点でその人は〈勇者〉だ。でっちあげるも何もねぇ」

「いや、ずいぶん違うよ。本物の勇者なら〈聖具〉を使って〈魔王〉を倒せなきゃいけない。でもでっちあげの〈勇者〉なら〈聖具〉を起動できさえすればいい。身も蓋もない言い方をすれば、持って光らせられればそれでいい」

　静止するアリアドナの前で、ミゲルは語気を強めた。

「プエルタ派は事前にある仮説を立てていた。ひょっとしたら過去にどこかの〈勇者〉で実験したのかもしれないね。彼らはこう考えていた。〈聖具〉の起動とは〈勇者〉の身体的特質によるものじゃないか、と。で、肌の一部を切り取ったり、髪の毛を抜いたり、涙や唾液を採取したり、そういう試行錯誤の果てに彼らは気づいた。どうやら〈勇者〉の血こそが〈聖具〉を反応させるものらしいと」

「血」

　弾《はじ》かれたようにアリアドナはヘロニモ卿を見た。胸元を押さえたのは、かつての怪我のあとがうずいたからか。ぎゅっと服をつかむ。

「まさか」

「そうだよ、〈勇者〉の血を抜いて他の人間に注ぎこめば、その相手は〈聖具〉を目覚めさせられる。本当にささやかな、応答の光を放つ程度の覚醒だけどね」

「ちょっと待て、君は一体何を言っているんだ。私の血が誰に使われたというんだ」

混乱気味なヘロニモ卿を「まぁまぁ」となだめる。仮説はまだ説明中だ。時系列をすっ飛ばされては困る。

「話を戻すよ。とにかくプエルタ派は〈聖勇者〉をでっちあげるために本物の〈勇者〉が必要になった。で、このあたりで一番〈勇者〉として強力そうなヘロニモ卿を拉致した。目的はもちろんその血を搾り取るため。ただ、万が一にも死なれたら困るから、たっぷり時間はかけた。これは雑学だけど、人間は短期間に全体重の二割以上、血を失うとショック症状に陥るんだ。だから休憩を挟んで、栄養補給を続けながら、慎重に作業を進めたんだろう。卿にとっては悪魔の所行だったのかもしれませんが」

「……」

「さて、用意周到な彼らのことだ。当然、入手した血の受け皿も準備していた。サーラス司祭が連れてきたという娘がそれだよ。素性はよく分からないけど、唯々諾々と従っていたところを見るに、信者かその親族ってところかな。皆、失敗なんて考えてもいないから、無邪気に〈聖勇者〉降臨とか触れ回っていたらしい。ところが実際にヘロニモ卿の血を分け与えると、彼女は呆気《あっけ》なく死んでしまった」

「え⁉」

アリアドナが目を剝く。ぎょっとした様子で胸を鷲《わし》づかみにして、

「な、なしてだ？〈勇者〉様の血は毒なのが」

「毒？ うん、まぁその表現は間違っちゃいないけど、別に〈勇者〉の血だからどうこうって話じゃないよ。それに君は助かったんだから薬でもある」

「何を言ってるんだかさっぱり分からんぞ！ 分かるように話してくれ！」

ああ、あっちからもこっちからも。

溜息をつきながら牢に向き合う。

「これは王立アカデミアの最新の研究成果だから、プエルタ派も知らなかったんでしょうけどね。人間の血液は一種類じゃないんです。人によっていくつかの型がある。そして異なる型の血液が混ざると、お互いを壊してしまうんです。固まったり溶けたり、どちらにせよ、血液をもらった人間を傷つけてしまう」

ガスパルは件《くだん》の少女が、発熱・咳《せき》・呼吸困難に襲われたと言っていた。

黄疸《おうだん》も関節の痛みも、典型的な血液移植の副作用だ。乏しい知識でヘロニモ卿の血を注ぎ続けた結果、彼女はショック死してしまったのだろう。気の毒なことだ。

「そこで初めてサーラス司祭は、自分達の計画の不十分さに気づいた。慌てて文献を探っ

たけれど、分かったのは血液の型が複数あるということだけだった。一体何種類あって、どう組み合わせればいいのか、皆目見当もつかなかった」

「だめじゃないか」

「だめですよ。だから研究を始めたんです。旅人や娼婦《しょうふ》や、身寄りのない人間に近づいてサンプルを集めまくった。人気のないところに連れこんで、薬で意識をもうろうとさせて、施術用の針を使って——彼らの血を抜いた」

衝撃が空気を揺らす。アリアドナもヘロニモ卿も揃《そろ》って愕然としていた。

「吸血鬼」

どちらともなくそうつぶやく。ミゲルは口元を歪めてみせた。

「そう、昨今、このあたりを騒がしていた怪事件の正体だ。かなり乱暴、というか無茶苦茶なやり口だけどね、努力の甲斐《かい》あって一定の成果は出た。思うに、何か血液の型を判別する手法を見つけたんじゃないかな。ヘロニモ卿の血を調べて、それがどんな型に当てはまるかも見極められた」

〈聖勇者〉の製法を確立できた。

アリアドナをまっすぐに見つめる。

「あとはもう分かるだろう。彼らは血を注ぎこむ器を探していた。雨の中、〈聖勇者〉に相応しい田舎娘を探していた。そこに君が現れたんだ。大怪我をして、大量の血を失って。彼らは血液の型を調べただろう。結果は当たりだった。急いで応急処置をして、教会に連れ帰って、そして――ヘロニモ卿の血を流しこんだ」

言葉を失う彼女にだめ押しの言葉を告げる。

「アリアドナ、君の〈勇者〉の力はヘロニモ卿の血によるものだ。卿の血は君の命を救い、そして〈聖具〉を使う力を与えたんだ。ただ、それだけの話だよ。〈伝説〉の勇者はなんの関係もない」

3

沈黙を破ったのは拍手の音だった。

足音が背後の闇から近づいてくる。カンテラの灯りに浮かび上がったのは、白いローブ姿だった。

「いやはや、お見事。素晴らしい推理です、認定官殿」

サーラスだ。背後に侍者を数名、従えている。どうやらこちらの話が終わるまで待っていたらしい。舌打ちして向き直る。

「盗み聞きとはずいぶん趣味が悪いね」

「ここは声が響くんですよ。あなたこそ、誰かに聞かれるとは思わなかったんですか。私と食事をしている時は、あれほどのらりくらりかわしていたのに」

「夕方まで誰も下りてこないと聞いていたからね」

責めるような視線にアリアドナが首を振る。サーラスは笑った。

「彼女の言うことは正しいですよ。確かにこの坑道に我々が入るのは、朝夕の二回だけです。あまり頻繁に出入りすると、いらぬ関心を引きますからね。ただ今回は非常事態だったんです。何せ〈聖勇者〉様がどこにも見当たらなかったので」

「え？」

あ、とアリアドナが口を押さえる。

ちょっと待った。ひょっとして、自分がいなくなったあとのことを考えていなかったのか？　隠蔽工作なしで僕の部屋を訪れたのか？　騒ぎになるに決まっているじゃないか。助けてもらった手前どうこう言えないが、あまりに初歩的なミスだ。詰めの甘さを詰《なじ》りたくもなる。

サーラスは口角をもたげた。

「まぁ、でもこんなところにいるとは思いませんでしたよ。部屋にいるはずの認定官殿まで消えていたので、念のためにと思って下りてきたのですが」

「できればそういう用心深さは、別の機会に取っておいてほしかったけどね」

サーラス達に向き直る。やや上目遣いに彼を見つめた。

「で？　僕の仮説はどうだったかな。間違いがあればご指摘いただきたいんだけど」

「いえいえ、まったく見てきたように正確でしたよ。正直、まだあなたという人間を過小評価していました。まさかここまで見抜かれるとは。分かっていたら早々に始末していましたよ、変に懐柔など考えずにね」

細めた目に酷薄な光が浮かぶ。

「ですが我らの神は寛大です。最後にもう一度チャンスを差し上げましょう。投降なさい、そして我らの使命に協力するんです」

「嫌なこった、と言ったら？」

「会話がここで終わるだけです。二度と再開されることはありません」

背後の侍者達の殺気が増す。脅しの類いではなさそうだ。たぶん同じようなことを何度も経験しているのだろう。とんだ聖職者達だ。

「司祭様！」

アリアドナが横から進み出る。混乱も露《あら》わに双眸を見開いていた。

「い、今の話は本当なのが？　この〈勇者〉様の血をオラに移したって。血の混ぜ方、確かめるだめに吸血鬼騒ぎ起ごしたって」

「おやおや、これは〈聖勇者〉様」

サーラスは皮肉っぽく口角を歪めた。

「何を驚いているんですか。別に大した話じゃないでしょう？　全ては神のお導きです。我々は偉大なる主のために働いているだけですよ。少々の犠牲は仕方ありません」

「え、え加減にしでぐれ！」

　アリアドナの語気が強まった。

「こんなごど続げで神様が喜ぶわげねぇ。人、騙《だま》したり傷づげだりしたら地獄さ落ぢるってオラでも知ってら。悪いごど言わね。これ以上、罪重ねるのやめて、今すぐみんな自由にしてぐれ。本物の〈勇者〉様も一緒に」

　サーラスは小馬鹿にしたように鼻を鳴らした。

「少し見ない間に、ずいぶんこざかしい口を叩《たた》くようになりましたね。そんな台本を渡した覚えはありませんよ。……はて、その男に妙なことを吹きこまれましたか？　馬鹿な娘ですね。彼は己の任務にあなたを利用しているだけですよ」

「だどしても、人、閉じごめだり勝手に血抜いだりしねぇ。悪人度合いで言えば、司祭様達の方がずっと上だ」

「ふむ」

　否定する気はないらしい。サーラスは愉快そうに首を傾けた。

「だったらどうすると言うんですか。言葉は力が伴って初めて意味を持ちます。あなたがどれだけ綺麗事をわめこうと、押さえつけて縛り上げればそれで終了だ。それともなんですか？　何か起死回生の一手を準備しているとでも？」

「……」

「ないですよね、あるはずがない。さ、操り人形は大人しく横で待っていなさい。私はその認定官殿と話がある」

続くアリアドナの行動は、まったく予想外のものだった。懐から小刀を取り出すと鞘《さや》を抜き払う。ぎょっとする間もなく、切っ先が突きつけられた。サーラス達に……ではない。彼女自身の胸元に。

「アリアドナ⁉」

ミゲルの驚愕《きょうがく》をよそに、彼女は固まるサーラス達を睨《にら》みつけた。

「少しでも動いだら、刺す」

押し殺した囁き。

「脅しでね。オラ、本気だ。ミゲルさ達、解放しねぇのならこの場で胸突いて死ぬ」

「やめろ、アリアドナ」

無意味だ。なんの切り札にもならない。

「言っただろう。彼らにとって君は替えのきく部品にすぎない。使えなくなったら別の〈勇者〉を仕立てればいいだけだ。君が死んだところでなんの問題も」

「そうだ！　私は女子供に守られるほどか弱くないぞ。下がっていなさい、この悪漢どもは私、〈勇者〉ヘロニモが颯爽《さっそう》と打ち倒して――」

「だまらっしゃい！　また血を抜かれたいのですか」

サーラスの一喝でヘロニモ卿が沈黙する。サーラスは侮蔑も露わにアリアドナを見下ろした。

「認定官殿の言う通りですよ。あなたの命はなんの取引材料にもなりません。結果は変わらず、余計な血が流れるだけです」

「本当に何も変わらねが？」

「はい？」

アリアドナの口元が歪む。どこか凄《すご》みさえ感じられる笑みだった。

「聖餐の予定は一ヵ月後まで入ってる。巡礼の人達はもうお金も払ってるはずだ。ここでオラ死んだら皆にどう説明する？　オラど同じ条件の娘なんてそうそう見づがらねぇぞ。〈聖勇者〉は自殺したがら、しばらぐお休みにさせでくれで言うのが？　それども、あれは偽物だから奇跡の効果には影響ねぇとでも？」

「……」

「なぁ司祭様。一人目の〈聖勇者〉が死んだ時は、まだ噂が広まっていながった。だからぽっと出のオラが取って代わっても問題にならねがった。んだども今はどうだ？　フェリシダの〈聖勇者〉と言ったら、外国の人でさえ知ってで、わざわざ見に来るぐらいだ。こんな状態で〈聖勇者〉の交替ができるど本気で思ってるのが？　ミゲルさの言葉借りるだば、オラはもうあだがだの象徴になりづづあるんだ。その象徴がコロコロ変わるような教団を、本当にみんな信用するが？」

！

動揺が空気を揺らす。サーラス達は無言だったが、気圧《けお》されているのは明らかだった。思ってもいない反撃に動きを止められている。

（へぇ）

目をすがめてアリアドナの横顔を見る。頬に汗こそ浮かんでいるが、呼吸の乱れはない。唇も震えていなかった。なかなかの胆力だ。普通、危地に臨んでここまで口が回らない。自らの価値を冷静に判断もできないだろう。

（やっぱり有能かな？）

首を傾《かし》げて場をうかがう。

ひょっとして本当に解放してもらえるかも、この場を切り抜けられるかもと思った時だった。

「仕方ないですねぇ」

溜息交じりの声は、わずかだが陰惨な空気を孕《はら》んでいた。

サーラスが指を鳴らす。彼の背後から重い音が響いてきた。ずりずりと、何かを引きずるような音。

多少予想はしていたが、出現した光景にミゲルは眉をひそめた。一瞬遅れてアリアドナが悲鳴を上げる。

小柄な旅装の人物が地面に転がされていた。ずっと引きずられてきたのだろう、服はところどころ破れて泥塗《どろまみ》れになっている。自分で歩けない理由は明白だ。両手足が縛られている。手首に縄がきつく食いこんでいた。

ずりっ。

縄の先端が引かれる。剝き出しの肌が岩壁に擦られた。低い呻きが人影から上がる。

「ディアさ！」

「はーい、動かない動かない」

おどけた声の主は立て襟コートの男性だった。派手に髪を逆立てた道化じみた外観、耳元に光る大振りなアクセサリー。

〈煤《すす》かぶり〉のロレンソ。

彼はディアに繫《つな》がったロープを持ち上げた。

「これ、絡まらないように引っ張るの結構難しいのよ。すぐあっちこっち引っかかってさ。だから余計な真似《まね》して気を逸《そ》らすと、首のあたり絞めちまうかもだぜ。ぎゅっとな。実際、何回か絞まってたし」

「おめ！」

激昂《げきこう》するアリアドナをミゲルは押しとどめた。表情を変えずに、ボロ雑巾のようになったディアを見下ろす。

「話が違うんじゃないかな、司祭。丁重にもてなすと言っていなかったっけ？」

「もてなそうと思いましたよ。ただお連れ様はなかなかお転婆でして」

肩をすくめる。

「隙あらば抜け出そうとするんですよ。廊下に出ただけで走り始めますし、窓も何度、叩き割られそうになったことか。なので仕方なく拘束させてもらいました」

「……そう、か」

彼女に与えた最後の指令は『退路を確保』だ。ミゲルが拘束された以上、行動を改める理由はない。自分がどうなるか考えず、ひたすらに脱出を試みたのだろう。その結果が目の前の惨状というわけだ。

沈黙をどうとらえたのか、サーラスは両手を広げた。

「さぁアリアドナ、刀を捨ててください。さもないとこのロレンソが何を始めるか分かりませんよ。自分の仕事にケチをつけられたことで大層頭にきているようですから。先ほども、彼女を焼き尽くさないようにだいぶ注意したんですよ。この男ときたら、滅ぼす村や殺す相手を間違えても報告一つですまそうとしますからね。どれだけ後始末に苦労させられたことか」

「ん、んだどもオラは」

バリッと火花が散った。ディアの身体が海老反《えびぞ》りに痙攣《けいれん》する。ロレンソの手に雷がまとわりついていた。

「なぁ、もういいだろう？ 司祭様《パドレ》。こういう時は実際にやってみないと伝わらねぇのよ。表の世界にいる連中はさ、頬を張り倒されるその時まで、俺達《おれたち》みたいな人種がいると分からねぇんだよ。腕の一本でも消し炭にしてみろよ。一気に素直になるぜ」

「やめれ！」

アリアドナの声が鋭くなる。だがその顔に先ほどまでの不敵さはなかった。恐怖が手元を震わせている。

「やめでぐれ。でねぇど、この刀で自分を」

「おう、やれやれ」

ロレンソがぐっと顎を出す。紅を引かれた唇を歪めながら、

「俺っちはよぅ、教会の権力争いとか〈聖勇者〉の信用がどうとか、全然興味がねぇんだ。金もらって人を焼ければそれでいい。だからあんたが自分でおっ死《ち》ぬならどうぞどうぞだ。だって、そっちの方がとっとと他の連中、ぬっ殺せるだろ？ 司祭様《パドレ》が四の五の言う余地もなくなる」

「そ、そんな」

「ほら、やれよ。やれったら、なぁ」

サーラスが苦笑した。

「すみませんねぇ、アリアドナ。こういうどうしようもない男なんですよ。だから諦めなさい。私の指示がまだ彼に届いているうちに」

アリアドナの目から涙があふれる。絶望が彼女の心を突き崩していた。しゃくり上げるように喉を震わし、それでも刀の柄を握り直そうとする。

「──もういいよ」

肩に手を置く。ミゲルは優しく彼女の得物をつかんだ。切っ先を胸元から逸らす。

「潮時だ。交渉は僕らの負けだよ」

「み、ミゲルさ」

「君は本当に勇敢で、高潔で、聡明だ。だけどそれだけじゃどうしようもないんだよ。正論は力に負ける。いとも簡単にね。叩きつけられて、踏みにじられて、息絶える。例外はない」

「……」

「君の協力には感謝する。だけどここまでだ。これ以上は本当に、ただの無駄死にだ」

刀を握る手を剝がす。それで彼女の気力は潰《つい》えたようだった。へにゃりと膝を折る。遅れてか細い嗚咽《おえつ》が響き始めた。

　背後のヘロニモ卿も呆然としている。なんとも言えない空気が場を満たしていた。

　ミゲルは一歩、前に進み出た。

「一つ訊《き》いてもいいかな」

　サーラスは辟易《へきえき》したように片眉をもたげた。

「時間稼ぎはうんざりなんですがね」

「時間稼ぎのつもりはないよ。さっきも言った通り、交渉は僕らの負けだ。今更舌先三寸でどうにかなるとは思っていない。だからこれは単純に、敗者のつぶやきだ」

　ふむと細い首が傾いだ。やや興味深そうになり、

「聞きましょう」

　ミゲルは息を吸った。

「あなたは〈聖勇者〉を旗印にして既存権力を打ち倒すと言った。その中には国教会だけじゃなく、僕ら王国の行政機関も含まれてくるだろう。何せ本物の〈勇者〉が見つかったわけだからね。無駄金をかけて他の〈勇者〉を探す理由がない。今までの〈勇者〉行政は、大幅な変革を強いられるだろう」

「かもしれませんね。で？」

「〈勇者〉認定制度がなくなり、ただ一人〈聖勇者〉が残された状態で〈魔王〉が復活し

たとする。さぁどうする？　プエルタ派は全力を挙げて、民草を守ってくれるのかい？」

「何を言うかと思えば」

嘲笑が響いた。

「〈魔王〉！　〈魔王〉ですって、あんなものはお伽噺《とぎばなし》の道具立てだ。災厄から一体どれほどの月日がたったと思っているんです。我々は進歩して、多くの知恵と技術を手に入れた。次はもっとうまくやれますよ。〈勇者〉なんて得体の知れないものに頼らずともね」

「……」

「そうでなくても、我々の世界には地震や雷、疫病などの災厄があふれているんです。何か起こるかも、だから何もしない、では話になりません。起きたら起きたで対処法を考える。〈魔王〉に対しても同じようにするだけです」

ああ。

ミゲルは天を仰いだ。

ああ、やっぱりそうなるのか。人間という生き物は、本当にどいつもこいつも。

——学ばない。

喉元過ぎれば熱さを忘れる。火傷《やけど》して後悔して失念してまた火傷して、その繰り返しだ。

「だめなんだよ、それじゃあ」

「はい？」

「司祭、あなたは朝食の時に訊いたね。僕らが一体どういう職業意識で動いているのかと。役人の性質を考えれば、僕の行動はまったく理解できないと。だから国教会のスパイなんて邪推もしたんだろうけど、まぁ的外れもいいところだ」

「何を」

「僕の職業意識はね、『防げる災厄を防ぐ』だ。〈魔王〉は現実の脅威だし、それを倒す術もある。だから必死になって〈勇者〉を探す。手を抜けば、自分達もろとも世界を滅ぼされてしまうから――。怖いんだよ、単純に恐怖だけが僕を突き動かしている。損得勘定なんて考えてる余裕もない。だから」

だから――とミゲルは司祭達を見回した。

「あなた達に〈勇者〉のお守りは任せられない。ご退場いただく」

手の中の小刀を回す。逆手に握り直し、
ぐっと力を込めて、
鎖骨の下に、
突き刺した。

「はぁっ⁉」

「み、ミゲルさ⁉」

立ち上がりかけたアリアドナを手で制する。肌を切り裂きながらにっこりと笑った。

「ごめんね、アリアドナ。回りくどいことをして巻きこんでしまって。君が伝説の〈勇者〉の生まれ変わりじゃないことは、最初から分かってたんだ」

「え……」

「なぜなら伝説の〈勇者〉は、現在進行形で使命を遂行中だからだ。死ぬことも老いることも許されず、化け物のようになってこの世をさすらっている。滅ぼすことのできない災厄を抱えたままね」

「ミゲルさ」

「お眠り。ここから先は君達が見るようなものじゃない」

首筋をつかむと彼女は呆気なく気を失った。肩越しに振り返れば、ヘロニモ卿も泡を食った様子で奥に引き揚げている。壁にしがみついてぶるぶると震えていた。まぁ、あれならこちらの様子を見聞きできまい。問題ないだろう。

ざく。

ざく、ざく、ざく。

肌が切り裂かれて血が噴き出す。〈刻印〉が壊れていく。途端、突き上げられるようにディアの身体が跳ね上がった。がくがくと壊れた人形のように震え出す。痙攣。両目を見開いたまま、彼女は無表情に顔を上げた。

「っ！」

ロレンソが電撃を放つ。

だがまばゆい光は瞬時に弾け飛んだ。逸らされるのでも防がれるのでもなく、彼女の身体に触れる寸前に消滅する。

「あぁっ？」

ロレンソが目を剝いた。信じられないように顔を歪めて、

「なんだ、何しやがった、おめぇら」

「ロレンソ、貴様、ふざけてる場合では――」

やりとりに構う理由はない。ガラス玉のようなディアの目を見つめる。

「傾聴。王国〇号特種認定〈勇者〉、ミゲル・イバルラが宣する」

小刀に力を込める。壊れかけた〈刻印〉から聖なる光が噴き出す。

「第三制約、〈従属〉を解除。第四制約〈均衡〉を無効化。第七制約〈守護〉についての付帯事項を変更。半径十バーラの領域において、不可侵対象をミゲル・イバルラとアリアドナ、ヘロニモ卿に限定。その他全ての目標を攻撃可能とする。十二階梯《かいてい》までの全霊装使用自由」

「はぁ」

ディアはあくまで気の抜けた口調で応えた。こくりと首を傾げてくる。

「いいんですか？　ミゲル様、本当に」

「いいよ、好きにやりなディア……いや」

――〈魔王《ディアボロ》〉

小刀の切っ先が〈刻印〉の輪を断ち切る。身をもって施した封印を解き放つ。

途端、悪夢があふれた。

腕、腕、腕、腕、腕。

口、口、口、口、口。

鼻、羽、柱、翼、尾、屋根、嘴《くちばし》、窓。

草、鰓《えら》、岩、爪、木、雲、鱗《うろこ》、扉、鬣《たてがみ》、目。

ルビー、サファイア、銀鉱石、鉄、笛、太鼓、フィドル、触角、槍《やり》、煤、炎、盾、骨、粘液、葡萄酒《ぶどうしゅ》、果実、針、城壁、橋、棺《ひつぎ》、墓標、鎖、角、歯、車輪、麦の穂、首つりの縄、王冠、水車、玉座、杯、牙、フクロウ、猫、カラス、女、子供、男、赤子、老人、顔、顔、顔、顔!

先ほどまでディアがいたところに混沌《こんとん》が立ち上っていた。何もかもが歪み、重なり、矛盾しあっている。見ている間にも次々と姿を変えて、全貌を捉えられない。だがその芯には確かに『闇』があった。根源的な悪意と憎悪。生きとし生けるもの、全てに対する破壊

の意志。

——絶対悪。

鳴き声の一つで侍者が倒れた。目鼻から血を流して痙攣する。それが合図だったように、悲鳴と逃走の足音が坑道を満たした。

「お、おい待て」

サーラスの静止を聞く者はいない。我先にとこの修羅場から逃げ出していく。

「上等だぁ、おら！」

一歩踏み出してきたのはロレンソだ。吊《つ》り上《あ》げた双眸が爛々《らんらん》と輝いている。紅の引かれた唇が歪んでいた。

「一度思う存分、魔力を解放してみたいと思ってたんだ。人間なんかすぐ消し炭になっちまうからよぅ。是非受け止めてくれや〈魔王〉様よっ！」

広げた両手が光を放つ。まばゆい稲光を往復させて、詠唱を始めかけた時だった。

「は？」

コートの肘から先が消滅していた。真っ黒い切り口が虚空を睨《ね》めつけている。破れた袖から粘性の液体が滴っていた。ロレンソは信じられないようにまばたきして、それから泣き笑いの顔になった。

「まいったな、こりゃ。ちっと規格外だ」

風が彼の頭をさらう。続いて二、三回の風切り音でロレンソの身体はすっかりなくなってしまった。あとにはただ、くるぶしのところでカットされたブーツが残る。

坑道の奥でいくつもの悲鳴が上がった。逃亡した侍者のものだろう。闇が——邪気が荒れ狂い、動くもの全てを切り刻んでいく。

「ひっ……ひぃっ！」

尻餅をついて後じさったのはサーラスだ。笑顔の仮面が剝ぎ取られている。左右の頰を非対称に引きつらせて、彼は首を振った。

「やめろ、やめさせてくれ！　あ、あんた〈勇者〉なんだろ。〈勇者〉がこんな惨《むご》いことしていいのか。〈魔王〉の、悪魔の力なんかを使って」

「今更何を言ってるんだい、司祭」

ミゲルは眉尻を下げてサーラスをのぞきこんだ。

「僕は何度もチャンスを与えたよ。なるべく穏便に片づけられるよう、人の手で事件が終わらせられるようにね。それを振り払って剣を抜かせたのは、他でもないあなただろう。申し訳ないけど今の僕にはね、彼女を使うくらいしか荒事の術がないんだ」

全ての魔力と命を封印に使っているから、使い続けているから。

他のことをやっている余裕がない。自分の身を守る方法がない。

「僕はね、なるべく早く次の伝説の〈勇者〉を見つけなきゃいけないんだ。こんな無茶がいつまで続けられるか分からないからね。一分一秒を惜しんで、後継者を探さないといけない。世界と人類が滅ぶ前にね。君らみたいな紛《まが》いものに関わっている余裕はないんだ」

「わ、私は」

「さようなら司祭、あなたとの会話は少し面白かった。〈勇者〉なんかに手を出さなければ、もう少し親しくなれたかもしれないけどね。次に生まれ変わったら、何か他の悪事に関わるのをお勧めするよ」

背後で闇が伸び上がる。ぼろぼろと侍者達のパーツを落としながら、照明の明かりを遮る。その影がサーラスに落ちて彼を絶叫させた。

「慈悲を！　神のお慈悲を！」

叫び声は唐突に断ち切られた。津波のような塊がサーラスを呑《の》みこむ。そのまま肉とローブをコンパクトに折り畳みながら奥へと押し流していった。

「悪いね、司祭。たぶんだけど神様なんていないよ」

ミゲルは肩をすくめた。血に染まった小刀を下ろす。いたら自分はきっと、こんな地獄を味わっていない。

エピローグ

Yushaninteikan to
Doreishoujo no
Kimyouna Jikenbo.

本局の応援が到着するまでに一週間と半日がかかった。

大量の申請書と証拠品の積み重ねでようやく実現したガサ入れは、始まるや否や嵐のような勢いでフェリシダ教会を丸裸にした。

坑道跡の隠し部屋から麻薬精製施設、ケシ畑、市井の協力者に至るまで。人、物、金はもちろん、書類の一枚さえ余すことなく押収していく。正直、盗賊の方がまだ礼儀正しいと思えるくらいだった。

というか、えらく大所帯だなと思ったら、徴税官や異端審問局まで引き連れていた。サーラスが生きていればやっぱりと憤《いきどお》ったことだろう。いろいろ御託を並べていたが、とどのつまりはやはり異端潰しじゃないか、と。

まぁすみませんとしか言いようがない。自分達はいつでも人手不足なのだから。借りられる手は全て借りないとやっていけない。何せ、百年前の〈勇者〉まで引っ張り出しているのだ。人繰りの厳しさには定評がある。

教会手前の広場には、天幕が張られていた。炎天下の中、制服姿の役人達が作業を進めている。取り調べを受けているのは生き残りの侍者だろうか。脇には現在進行形で証拠品が積み上げられている。

もはやミゲルに声をかける者はいない。最初の一日こそ根掘り葉掘り訊《き》かれたものの、今となっては完全に蚊帳の外だった。ヘロニモ卿《きょう》の護送も別の者が請け負っている。おまえは早く次の任地に行けと言わんばかりだった。

（十人は殺したんだけどな）

誰も責めない。

責めている余裕などない。

溜息《ためいき》を一つ、抜けるような青空の下、踵《きびす》を返《かえ》す。繁華街に続く下り坂に向かっていくと人混みが見えた。巡礼者は閉め出されているはずだから、町の人か？　いや、でもあんなところで何をしているのだろう。

首を傾《かし》げていると「あ」という声が聞こえた。

見覚えのある少女が手を上げてくる。亜麻色の髪、すっと通った目鼻立ち、綺麗《きれい》な瑠璃色の瞳。

アリアドナだった。

「ミゲルさ！」

息せき切って駆けてくる。その姿を中年の夫婦が心配そうに見守っていた。

「やぁ」

「全然会えねがったがら心配してだんだ！　お役人様達は、大丈夫だって言ってだげど」

「おかげさまでピンピンしているよ。ディアも無事だ」

「怪我《けが》は？　もうええのが？」

「胸の……ミゲルさが急にオラの刀突ぎ刺して」

「怪我？」

「なんだいそれ」

胴着のボタンを外して胸元をくつろげる。無傷の肌に、アリアドナの眉根が寄った。訝《いぶか》しげにのぞきこんでくる。

「おがしいな、確がに刺したで思ってだんだげど」

「いろいろあったから、記憶が混乱しているんじゃないかな。あの時はもう本当にだめかと思ったからね」

んんん、と首を傾《かし》げられる。だが目の前の光景には抗《あらが》えないのだろう。諦め気味に視線を落とした。

「確がに、なんか変だものな。ミゲルさが自分を傷づげるわげもねぇし、そのあどオラ気失ったのも変だし、で、気がづいだら全部終わってだのも。なんか夢でも見でだのがな」

「あそこの役人達からは話を聞いたんだろう？　あのあと何があったのか」

アリアドナはうなずいた。

「間一髪のところで応援の人達が踏みこんだって。司祭様捕まえでオラ達助げ出してぐれだって」

「じゃあ、そういうことだよ」

「そんなごどなのが」

「うん。運がよかったよね、本当に」

ところで、とミゲルは背後の中年夫婦を見やった。

「あの人達は？ 知り合いかい？」

目が合った。人のよい、実直そうな面持ちだ。肩を寄せ合い様子をうかがっている。

「ああ」とアリアドナが声を上げた。

「叔父さ、叔母さだ」

「え？」

「トロ村の、オラが世話になってる」

今度はこちらが意表を突かれる番だった。じゃあつまり、あの集団は、

「ひょっとして、村の人達か？ みんな無事だったのか？」

「んだ」

アリアドナは嬉《うれ》しそうにうなずいた。

「麓の森の、ケシ畑で働がせられでだんだ。見張りが寝だどごろに、お役人様が踏みごんでぎで助げでもらえだって」

「そう……か」

てっきりロレンソに始末されているものと思っていた。〈聖勇者〉の秘密を守るために

口封じされたものと。

だがアリアドナは花が咲くように笑った。

「ミゲルさの言った通りだった。大丈夫だって、皆、無事でいるって。おぎに、そう言ってもらえだがらオラは諦めずにいられだ。皆助げようって頑張り続げられだ。全部ミゲルさのおがげだ」

「僕は」

そこまで考えていない。舌先三寸で彼女の尻を叩《たた》いただけだ。だが彼女の目は宝石のように輝いていて、水を差すのは憚《はばか》られた。

だから口元を緩める。シンプルに、静かに、淡々と、

「公務員だからね」

と答える。

「公僕だから、市民を助けるのは当然さ」

アリアドナはよく分かっていないという風にまばたきして、背後の叔父叔母を振り返った。

「なぁ、ミゲルさはこのあと時間あるが？」

「ん？　なんで？」

「村の皆、お礼してぇつってんだ。自分達、助けでぐれだ認定官様をきぢんともでなして

えって」

「へぇ？」

「で、よげればこのあとトロ村さ一緒に来ねぇが？」

予想外の誘いだった。この仕事を続けてかなりになるが、疎まれこそすれ感謝されることはなかなかない。正直嬉しい。是非同行させてもらえればと思ったが、

「申し訳ないけど、もう出発しないといけないんだ」

「え」

アリアドナの顔が曇る。

「そうなのが？」

「うん。仕事が溜《た》まっていてね。明日の朝には別の町に着いていないといけないんだ。だからここでお別れだ。あとのことは残る役人達に任せてある。困ったら彼らを頼ればいいから」

「ん……」

「もう〈勇者〉なんてものには関わらないように。僕が言えるのはそれだけだ。ああ、あと、雨の中では無闇に走らないようにね」

「分がってら」

むくれ顔が朱に染まる。一瞬置いて、彼女はこれまでの感謝を総括するように居住まい

を正した。ぺこりと一礼した後、少しうかがうような眼差《まなざ》しになる。

「なぁミゲルさ」

「ん？」

「オラの勘違いがもしれねぇげど。ミゲルさ、あの時、自分が〈勇者〉様みだいなごど言ってながったが？」

「……」

「伝説の〈勇者〉で、今もお役目を果だしてるって」

「まさか」

ミゲルは破顔した。心底、面白い冗談を言われたような顔で、

「僕の仕事は〈勇者〉を探すことだよ。〈魔王〉を倒したり世界を救ったりなんてことは、悪いけど別の人にお願いしたいね」

二度はごめんだ。

その言葉を、ミゲルは口の中だけで転がした。

＊

町外れに着くと、そこにはもうディアが待っていた。

大きな荷物を背中に乗せて、肩ひもを握りしめている。二つ結びにした髪がぴょこぴょこ揺れていた。彼女はこちらを認めると伸び上がって手を振ってきた。

「ミゲル様」

片手を上げながら近づく。

「悪いね。少し後処理に時間を取られていたんだ。待ったかい？」

「いえいえ、全然待っていませんよ！　まさに今来たところです！」

ふうん。

「ちなみにいつからここにいるんだい」

「三時間、いえ四時間くらい前ですね！」

嘆息して彼女を追い抜く。ディアが続くのを確認しながら、ミゲルは片眉をもたげた。

「君はね、もう少し自然な言動というのを身につけた方がいいよ。周りの人が変に思う」

「自然。はぁ、そうなっていませんか」

「普通待ち人が来なければ、一度引き揚げて様子を見るものだよ。同じ場所に何時間も立ってたりはしない。あと四時間はすぐ前と言わない」

ディアは不思議なものでも見るように首を傾げてきた。

「よく分かりませんねぇ」

「分からないかい」

「はい、だってディアはいつもミゲル様のお役に立つことだけを考えていますから。自然とか不自然とか、周りの人がどう思うとか、本当に分からないんです。今だって万が一、ミゲル様をお待たせしたら大変だと思ったから。本当はもっと早めに来たかったんですけど」

なんという健気《けなげ》さ、甲斐甲斐《かいがい》しさだろう。

第三者が聞いていれば、あまりの献身っぷりに涙したはずだ。だが、今の言葉の意味をミゲルは嫌というほど理解している。結局、彼女の行動を縛るのは、自分達が施した〈制約〉のみなのだ。『ミゲルを守れ』と指示されたから守る、『従え』と決められたから従う。思考も、価値観も、行動も、何もかもがその〈制約〉からしか生まれない。だから『自然に』なんて言葉が通じるわけもない。

今更の話か。

百年かかってまだ人間同士の関係を求めるとか、自分も大概度しがたい。

苦笑をどうとらえたのか、ディアが横顔をのぞきこんできた。

「ミゲル様ぁ？　ディア、何か変なこと言いました？」

「いや、君は正しいよ。結局、それが君の自然ってことなんだね」

「はい？　あー、はいっ」

曇り一つない笑顔でうなずいてくる。

群青色の空が頭上に広がっている。乾いた風が山道を吹き抜けていく。平穏極まりない景色は、だがほんの一瞬で消し飛ぶものだ。何かの間違いで彼女が解き放たれたら。自分達の〈制約〉が弾《はじ》けたら。

地獄があふれる。

あの坑道の惨劇を、何万倍にもしたような破壊が現出する。

ボタンを外して胸元をくつろげる。施された延命機構の影響だろう、傷痕はない。だがそこに描かれた〈刻印〉はわずかに薄らいでいた。解放と封印の繰り返しが、〈制約〉の力を弱めている。ただでさえ有限の魔力が無茶な操作で失われていた。寿命も少なからず縮んだはずだ。

「ディア」

何気なしに呼びかける。視線を彼方《かなた》にやりながら、

「はい？」

「悪いね。君がもとの姿を取り戻すまで、僕は生きていられないかもしれない」

復讐《ふくしゅう》の機会は与えられない、彼女の始末をつけるのは別の人間かも、そう告げたつもりだったが、

「大丈夫ですよぉ」

邪気のない笑顔が返ってきた。

愛くるしい、見る者全てを魅了するような表情で、

彼女は、〈魔王《ディアボロ》〉は言った。

「あなたが力尽きる前に、ちゃんとディアが殺して、バラバラにして、喰《く》らい尽くしてあげますから」

＊

かくして勇者認定官ミゲルの旅は続く。次なる災厄を防ぐ目処《めど》は――まだない。

あとがき

子供の頃、読んだお話にこんなものがありました。

主人公は税務署の職員。とある村で酒の密造が行われているのではと疑い、調査を進めますが、なかなか村人達は尻尾を出しません。税務署職員は、とうとう変装までして潜入捜査を試みるのですが、村で行われていた不法行為は、想像を絶する規模で——といった感じの筋書きです。

一体なぜそんな話が児童書のコーナーにあったのか、どういう読者層を想定していたのか、さっぱり分かりませんが、大人達の腹の探り合いやかけひきが印象的で、ずっと心の片隅に残っていました。

先日、「はて、あれは一体誰の作品だったのだろう」とキーワードをもとに検索したところ度肝を抜かれました。

作品タイトルは『税務署長の冒険』

作者の名前は宮沢賢治。

そう、『銀河鉄道の夜』や『注文の多い料理店』の宮沢賢治です。

僕の趣味嗜好の一環には、明らかにエスピオナージ——つまりスパイ小説的なものがありますが、その醸成にあの大童話作家が一役買っていたとは、意外を通り越して衝撃の事実でした。人生、何がどう繋がるか分からないと、今更ながら思い知らされた次第です。

改めまして、第13回講談社ラノベ文庫新人賞で優秀賞をいただいたオーノ・コナです。

本作は、実のところ生まれて初めて書いたファンタジー（＋スパイ？）小説です。プロットを思いついた時は「ちゃんと形にできるのか？」と不安でしたが、審査員の方々のご評価もあり、こうして出版にこぎ着けられました。宮沢賢治のエピソードに続けて書くのもおこがましいですが、「え、あの作者こんなものも書けるんだ」と思われるように色々な作品を送り出していければと思います。どうぞ、よろしくお願いいたします。

以下謝辞です。

発刊に向けて貴重なアドバイスをくださった編集の森田様・佐藤様、素敵なビジュアルで本を彩ってくださったイラストのＩｘｙ様、そして何より本書を手に取っていただいたあなたに心よりの感謝を捧げたいと思います。ありがとうございました。

二〇二二年十一月　オーノ・コナ

講談社ラノベ文庫

勇者認定官《ゆうしゃにんていかん》と奴隷《どれい》少女《しょうじょ》の奇妙《きみょう》な事件簿《じけんぼ》

オーノ・コナ

2022年11月30日第1刷発行

発行者	森田浩章
発行所	株式会社　講談社 〒112-8001 東京都文京区音羽2-12-21
電話	出版　(03)5395-3715 販売　(03)5395-3608 業務　(03)5395-3603
デザイン	百足屋ユウコ＋タドコロユイ(ムシカゴグラフィクス)
本文データ制作	講談社デジタル製作
印刷所	株式会社ＫＰＳプロダクツ
製本所	株式会社フォーネット社

KODANSHA

ISBN978-4-06-530488-4　N.D.C.913　269p　15cm
定価はカバーに表示してあります

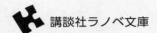